KB210073

발권이 완료되었습니다

발권이 ✈
완료되었습니다

글·사진 권혜경

오늘을 살아가는 너에게 —— 여행이라는 선물

차례

1

여행 ─── 맥주

유럽 맥주 여행

2

여행 ──── 일본

에키벤과 료칸

3

여행 ────── 사랑

그리고 사람

프롤로그

이상한 습관이 생겼습니다. 매일 아침 샤워할 때마다 그동안 다녀온 여행지에서 있었던 일이 한 토막씩 생각나는 겁니다. 여행은 오랫동안 제 삶의 빛과 그늘을 채워온, 제 안에 그득한 수많은 이야기의 원천입니다. 20년이 훌쩍 넘은 오래된 이야기부터 가깝게는 몇 년 전의 일까지 여행의 기억은 뇌리에 여전히 선명하게 각인되어 있습니다. 에피소드들을 한 줄 한 줄 글로 풀어내려니 여행을 준비할 때만큼이나 설렙니다.

"세상을 탐험하고 싶다면 먼저 발을 내디뎌라"라는 중국 속담이 있습니다. 저 역시 문을 열고 세상으로 나가 새로운 문화를 경험하고 음식을 맛보고 친구들을 사귀면서 세상뿐만 아니라 저 자신에 대해 배우고 돌아볼 수 있었습니다. 그 경험의 시간을 책으로 엮으면서 그 모든 것이 결국은 제가 다른 사람들과 맺은 관계에 대한 이야기라는 걸 알게 되었습니다. 제가 방문한 모든 곳에서 많은 분들이 베풀어준 환대와 신뢰를 떠올리며 다시 한 번 감사와 행복을 느낍니다.

사람들이 저보고 지금까지 여행 다닌 데 쓴 돈을 합치면 집 한 채 값은 되겠네요, 라며 우스갯소리를 합니다. 하지만 평생 꺼내 쓸 해피 카드가 생겼으니, 어쩌면 저는 집이 열 채 있는 사람보다 더 부자인지도 모르겠습니다. 물건은 언제든 잃어버릴 수도 도난당할 수도 있지만, 값진 경험과 감동은 온전히 내 안에 남아 있으니 조금도 아깝지 않은 것이 여행입니다.

내용을 정리하다보니 집을 떠나 길 위에 서 있는 무수한 저를 발견했습니다. 길 위에서 우리가 차지하고 있는 공간이 얼마나 왜소한지 알게 되었고, 여행이 가르쳐주는 겸손함은 제게 또 다른 삶을 기대하게 하는 귀중한 자양분이 되었습니다.

분명 제가 가장 행복해하는 일은 새로운 세상을 만나는 일인가 봅니다. 여행이 일상이 되고 일상이 여행이 되는 순간을 위해 오늘도 일하고 있고, 다른 사람들도 그런 경험을 할 수 있도록 돕고 있으니 여행은 저의 아주 가까운 친구입니다.

모든 사람에게 한 치의 오차 없이 공평하게 주어진 것이 있다면 그것은 시간입니다. 오늘 하루, 24시간은 나에게 주어진 선물입니다. 그래서 오늘을 'Present'라고 합니다. 오늘도 저는 내게 주어진 선물Present을 아주 가까운 친구 '여행'에게 쓰려 합니다.

이 책이 단순한 여행기가 아니라 우리 삶의 또 다른 외연과 장면을 보여주는, 인간의 삶과 시간, 관계의 소중함을 다시 생각하게 하는 이야기로 여러분에게 다가가기를 바라봅니다.

Affligem

PRÈS DE 1000 AN
ET TOUJOURS
DANS LE GOÛT.*

1

여행 ——— 맥주

유럽 맥주 여행

맥주 여행을 기획하다

은혼식

＊　　　　　　나는 대학에서 관광경영학을 전공했다. 졸업 후에는 거의 당연하게 여행사에서 일하기 시작했고, 여행업은 자연스럽게 천직이 되었다. 여행업에 종사하면서 시간을 당겨 사는 느낌을 받는다. 봄에 여름 여행을 준비하고 여름에는 가을 또는 겨울 여행을 미리 준비한다. 내가 여행사 일을 좋아하는 이유는 시간을 미리 살아가는 재미도 있지만, 아프고 슬픈 사람보다 기쁘고 즐거워하는 사람들을 많이 만나는 일이기 때문이다. 여행은 누구에게든 일상을 벗어나는 설렘의 시간이 되어준다.

직업 특성상 가까운 사람들의 여행 관련 업무를 도와주는 일이 많다. 남편은 친한 친구의 오빠로, 항공권 업무를 도와준 것이 인연이 되어 결혼까지 했으니 나야말로 일과 사랑을 모두 여행에서 찾았다고 할 수 있다.

나는 잡지나 책, 텔레비전 등을 보다 눈에 띄는 장소가 있거나 작가의 발자취가 궁금하면 그곳을 찾아 떠나는 호기심 천국 여행자이다. 여행사를 운영하면서도 두 아이의 엄마인지라 여행을 떠난다는 게 마냥 쉽지만은 않았다. 하지만 내가 여행을 가고 싶어 하면 언제라도 엄마 역할에 얽매이지 않고 떠날 수 있도록 흔쾌히 배려해준 남편 덕분에 나는 세계 곳곳을 자유롭게 돌아다닐 수 있었고, 지금 이 글을 쓸 수 있게 되었다.

2019년은 결혼한 지 25주년이 되는 해였다. 나는 늘 일만 하느라 여행을 많이 하지 못한 남편을 위해 특별한 시간을 준비하기로 마음먹었다.

"자기, 혹시 가고 싶은 데 있어? 이번에는 무조건 자기가 가고 싶은 곳으로 가자!"

남편의 대답은 의외로 간단했다.

"난 아직 파리의 에펠탑도 못 가봤어. 거긴 가보고 싶네."

"그래? 그럼 영국, 프랑스 두 나라로 정하자!"

나는 여행 계획을 짤 때 늘 큰 틀을 잡은 다음 세부 일정을 정하는 스타일이다. 일단 파리 입국, 런던 출국 일정을 잡고, 항공권부터 발권했다.

항공권도 발권했으니 이제 어디로 갈지 정할 차례. 그렇게 유럽을 많이 다녔는데도 나는 여전히 가고 싶고 보고 싶고 먹고 싶은 것이 많았다. 남편은 에펠탑이 보고 싶다고 하니 그 외의 일정은 내가 알아서 정해도 상관없을 터였다. 남편이 변수가 많은 배낭여행을 잘할 수 있을까 걱정도 됐지만, 힘들면 차를 타고 걷다 지치면 쉬어가자는 생각으로 일정을 잡기 시작했다. 그런데 남편이 생각지 못한 의견을 내놓았다.

"독일도 가볼까? 독일이 유럽 중심에 있으니 다른 나라 가기도 편할 거고, 간 김에 하노버 컨벤션도 둘러보면 좋을 것 같아."

"오, 좋은데? 벨기에랑 네덜란드가 독일과 가까우니, 그럼 이번엔 맥주 여행을 콘셉트로 잡을까?"

"좋아!"

남편의 휴가 일수가 한정적이라 우리는 프랑스, 독일, 벨기에, 네덜란드만 방문해 그곳의 대표 맥주를 마시는 것으로 계획을 수정했다. 그러자 갑자기 마음이 분주해지기 시작했다. 나는 당장 런던 출국 일정을 프랑크푸르트 출국으로 변경하고, 방문할 도시를 정하기 시작했다. 은혼식에 떠나는 맥주 여행이라니 생각만 해도 설레고 신이 났다. 유럽에서 가장 신선한 맥주를 원없이 즐기리라!!

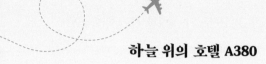

하늘 위의 호텔 A380

남편과의 유럽 여행을 위해 항공권을 발권하면서 이번에는 비즈니스석을 타기로 했다. 내가 예약한 대한항공의 파리행 비행기는 '하늘 위의 호텔'이라는 별명을 가진 A380 기종이었다. 세계에서 가장 규모가 큰 여객기로 알려져 있는데, 1층 앞부분이 일등석, 뒷부분은 이코노미 그리고 2층은 모두 비즈니스석이다. 이 기종은 2019년 2월을 기준으로 더는 생산되지 않는데, 크기와 안락함에서 다른 기종과 차이가 크므로 이 기종이 역사 속으로 완전히 사라지기 전에 꼭 한번쯤 경험해보시라고 권하고 싶다.

나의 경우 비행기 탑승 후 제일 떨리면서도 설레는 순간은 기내에서 제공하는 웰컴 드링크와 신문을 받을 때이다. 특히 이륙 직전에 승무원이 따라준 샴페인이 목구멍을 타고 짜르르 흘러드는 순간, 드디어 여행이 시작된다는 생각에 흥분되기까지 한다. 이어서 나눠준 따뜻한 타월로 손을 닦고 나면, 승무원이 사용한 타월과 빈 샴페인 잔을 수거해가고 곧바로 비행기가 움직이기 시작한다. 좌석 앞의 모니터를 켜면 비행기 전방에 달린 카메라를 통해 활주로 상황을 확인할 수 있다. 타이어 자국이 검게 남아 있는 활주로에서 비행기가 속력을 높이기 시작하면 나는 슬슬 선잠에 빠져든다. 아마도 이제부터는 아무것도 하지 않고 편하게 쉬어도 된다는 안도감 덕분일 것이다.

이윽고 비행기가 안전 궤도에 진입해 안전벨트 착용 사인이 꺼지면 그때부터 승무원들은 분주해지고, 승객들은 기내식 메뉴가 적힌 리플릿을 보고 고민에 빠진다. 기내식은 비행의 아주 중요한 요소다. 다행히 나는 뭐든 잘 먹는 편이라 어떤 음식이 나와도 행복하게 받아들인다.

음식이 나오기 전 승무원들이 테이블에 흰 천을 깔아줄 때부터 마음이 설렌다. 이 서비스는 비즈니스석의 장점 중 하나다. 잘 다린 리넨 식탁보 위에 놓이는 조화로운 색상의 애피타이저와 손가락 한 마디만 한 소금통과 후추통 그리고 올리브유와 발사믹통은 식사가 곧 시작된다는 것을 알린다. 비즈니스석에 제공되는 기내식은 고급 레스토랑의 정식 코스를 압

축한 형태로, 식전주로 목을 축이고 나면 따끈하게 데워진 식기에 메인 요리가 정성스럽게 담겨 나온다. 나만의 자리, 나만을 위해 준비된 식탁 위에 차려지는 음식. 메인 요리를 먹고 난 후에는 과일이 예쁜 접시에 담겨 제공된다. 마지막으로 차와 커피까지 즐기고 나면 한 차례의 식사가 끝난다.

식사가 끝난 후 한두 시간 정도가 지나면 승무원이 음료를 들고 다시 기내를 돈다. 이때 식사량이 다소 모자랐던 승객은 라면을 주문하기도 한다. 라면은 보통 끓는 물에 익힌 컵라면을 대접에 옮겨 담고 살짝 익힌 콩나물과 고추 등으로 가니시를 해서 단무지와 함께 제공된다. 라면 냄새가 한국인이 아닌 타국의 승객들에게 자칫 불쾌감을 줄 수 있어 단무지나 짠지를 대신 제공하는 듯하다. 불 꺼진 기내에 작은 독서등을 켜고 주문해서 먹는 하늘 위의 라면은 평소 라면을 좋아하지 않는데다 컵라면보다는 봉지라면을 선호하는 나도 무조건 주문하는 특별 메뉴다.

이코노미석보다 훨씬 큰 사이즈의 모니터로는 그날그날 업데이트되는 영화와 뮤직비디오를 볼 수 있다. 음식이든 영화나 뮤직비디오든 오직 나만을 위해 세팅되기 때문에 마치 스포트라이트를 받는 영화 속 주인공처럼 주위의 모든 것이 사라지고 나만 남는 듯한 짜릿한 경험을 할 수 있다. A380 기종은 앞에서 얘기한 대로 비행기가 매우 클 뿐 아니라 의자가 180도로 펼쳐지기 때문에 앉아서 잘 수밖에 없는 다른 기종의 비즈니스석이 갖고 있던 불편함을 일거에 해소했다. 쾌적한 호텔 방과는 비교할 수 없지만, 평균 열 시간을 넘게 가야 하는 유럽 여행의 특성상 다리를 펴고 누워 자는 것만으로도 현지에 도착한 후 느끼는 피로도는 크게 달라진다.

이 외에도 비즈니스석을 타면 누릴 수 있는 것이 참 많다. 물론 이 모든 것을 위해 지불해야 할 비용이 상당하지만 나는 이것을 결코 사치라고 생각하지 않는다. 나에게 주는 선물 같은 비행이 특별한 추억과 함께 나는 귀한 사람이라는 자부심을 선사해주기 때문이다. 마일리지를 모아서든 저축을 해서든 한번쯤 경험해볼 것을 여행자들에게 권하고 싶다.

마침내 파리

＊　　　　　　그동안 열심히 모아둔 마일리지를 통 크게 써서 비즈니스석을 예약하고는 남편에게도 즐기라고 말했는데, 정작 남편은 잠깐 신기해하다가 피곤하다면서 바로 잠에 빠져들었다. 성격이나 감정 표현 방식이 나와 많이 다른 사람이긴 하지만 소중한 마일리지를 한방에 털어넣었는데 "오 좋네!"가 끝이라니! 무덤덤한 반응이 살짝 서운하지만 이내 털어버린다. 우리의 은혼식 여행 아닌가! 아쉬운 감정도 잠시, 마일리지가 아깝지 않은 편안한 비즈니스석을 즐기는 가운데 우리의 비행기는 무사히 파리에 도착했다.

파리공항에서 시내까지 들어갈 때는 한국에서 예약해둔 택시를 이용했다. 샹젤리제 거리 바로 옆에 있는 호텔이니 택시 기사가 알아서 잘 데려다주겠지 했는데, 시내로 들어온 뒤 이상하게도 뱅글뱅글 도는 것이다. 이유를 물어보니 시내에서 시위가 있어 골목이 모두 차단되었다고 한다. 시위대가 큰길에서 경적 시위를 하는 동안 택시는 결국 호텔을 찾지 못했고, 알아서 찾아가라며 우리를 골목 근처에 내려놓았다. 2주치 짐을 담은 캐리어를 우당탕 끌며 잠시 헤매다가 찾아 들어간 곳은 유럽 특유의 분위기가 물씬 풍기는 작고 아담한 3성급 호텔이었다. 비행기든 호텔이든 최고로 좋은 걸 이용하면 좋겠지만 물가가 비싼 유럽에서 호텔

까지 5성급으로 누리려면 다음 여행을 한참 뒤로 미루는 불상사
가 생길 수 있으니 적당한 균형을 유지해야 한다.

우리는 짐을 대충 내려놓고 에펠탑부터 가보기로 했다. 이미
밖은 어두웠지만 에펠탑은 조명이 들어오면 더 예쁘니까. 숙소

에서 에펠탑까지 가는 길은 낯설었지만 지도 보는 눈이 밝은 남편 덕분에 금세 도착했다. 나는 가까운 친구들에게 여행사 30년 다닌 길치라고 늘 놀림을 받는데, 정작 여행을 많이 다녀보지 않은 남편은 매번 귀신같이 길을 찾아낸다.

에펠탑을 세 번이나 와봤는데도 이날은 느낌이 남달랐다. 남편이 제일 와보고 싶어 한 곳에 일사천리로 준비해 도착했다는 게 뿌듯했고, 예민하고 완벽을 추구하는 남편과 배낭여행을 할 거라고는 생각해본 적이 없었기에 이러한 시간을 허락해준 모든 상황에 감사했다. 에펠탑을 구경한 후에는 센강을 걸으며 멀어져가는 에펠탑을 보고 또 보았다. 결혼한 지 25년 만에 함께 이곳에 왔다는 게 도무지 믿기지 않았다.

희한하게도 나는 파리에 올 때마다 에펠탑을 찾았지만 한 번도 올라가보지는 못했다. 특별한 이유가 있는 건 아니고 이곳에 다시 와야 하는 여지를 두었다고나 할까. 모두 다 해버리면 다시 오고 싶지 않을 수도 있으니까.

이렇게 남편의 첫 번째 소원인 에펠탑 방문 미션은 쉽게 완료되었다. 몸은 힘들었지만 본격적으로 시작될 여행에 대한 기대로 마음은 설렜다. 내일은 또 어떤 모습의 파리가 우리를 기다리고 있을까.

샤르트르 성당

베르사유 궁전과

*　　　　　　에펠탑까지 걸어갔다 오느라 힘들긴 했지만 꿀
잠을 잔 덕분인지 시차 적응은 어렵지 않았다. 우리는 다음 날
아침 일찍 일어나 부지런히 베르사유궁전으로 향했다. 프랑스에
서의 일정이 길지 않아, 본격적인 맥주 여행을 시작하기 전 파리
근교에 위치한 베르사유궁전과 그곳에서 멀지 않은 샤르트르
대성당을 묶어 돌아보기로 했다.

　우리는 차양이 멋지게 드리운 궁전 앞 카페 테라스에서 아침
햇살을 받으며 커피와 크루아상, 오렌지주스로 허기를 달래고
베르사유궁전 문이 열리기를 기다렸다. 드디어 입장 시작. 베르
사유궁전은 호화로움의 극치였다. 일반인에게 개방하는 공간이
제한적인데도 궁전의 규모와 그 안을 가득 채운 수많은 예술품
에 나도 모르게 압도되고 말았다. 나는 특히 자크 루이 다비드
의 〈나폴레옹 대관식〉 앞에서 한참을 서 있었다. 나폴레옹 대관
식을 위해 로마에서 강제 호송되어온 교황 비오 7세가 나폴레옹
머리에 왕관을 얹으려고 한 순간 나폴레옹이 관을 빼앗아 직접
쓰는 돌발행동을 하고 황후인 조세핀에게 왕관을 씌웠다는 후
문이 있다. 그런데 이 작품에서는 교황도 축복을 베푸는 성스러
운 모습으로 그려져 있고, 가족 간 사이가 좋지 않아 대관식에
참석하지 않은 나폴레옹의 어머니와 누이들도 모두 화려한 드레

스를 입고 축복하는 모습으로 표현되어 있는 것을 보면서 수석 궁정화가 자크 루이 다비드의 노련한 면모를 느낄 수 있었다.

이 외에도 수많은 천장화와 예술품들로 호화롭게 장식된 방 하나하나를 지날 때마다 절로 감탄이 터져나왔다. 가발을 쓰고 사치스러운 드레스를 입고 궁정 악사들의 연주에 맞춰 왈츠를 추는 귀족들의 모습이 눈앞에 선했다.

끝나지 않을 것 같았던 궁전 투어는 점심때가 되어서야 끝났다. 이제 샤르트르 성당에 가야 하는데 베르사유궁전에서는 바로 가는 교통편이 없어 먼저 버스를 타고 기차역까지 가야 했다. 그럼 그렇지. 쉽게 해결되면 재미가 있나.

배낭여행은 길 찾는 게 반이다. 난 길치이면서도 얼른 길을 찾아야 한다는 사명감이 별로 없다. 집에서 길을 나서는 순간 모든 것이 여행이라고 생각하기 때문이다. 길을 잃으면 계획하지 못했던 또 다른 여정을 볼 수 있으니 그것도 여행의 묘미 아니겠는가? 그래서 길치에서 못 벗어나는 걸까?

어렵사리 찾아간 샤르트르 성당은 프랑스를 대표하는 고딕 양식 건축물로, 백미는 역시나 스테인드글라스였다. 스테인드글라스로 유명한 영국 웨스트민스트 사원과 스페인 레온 대성당, 독일 퀼른 대성당 등이 샤르트르 성당을 본뜬 것이라고 한다.

우리는 스테인드글라스를 감상한 후 성당 입구 바닥에 그려진

순례의 미로로 갔다. 본당 한가운데에 그려져 있는 미로는 그리스도의 수난과 죽음 그리고 부활을 의미한다고 한다. 12개의 동심원으로 이루어진 지름 13미터에 달하는 미로를 추가 왕복하듯 오가다보면 마지막은 중앙에 이르는 길로 이어진다. 남편과 나는 조용히 걸음을 옮겼다. 성당을 찾은 많은 사람들이 인종과 나이, 성별에 상관없이 제각각의 기도 제목을 가지고 기도를 하는 모습이 인상적이었다. 나도 미로에서 마음을 다해 기도했다. 이제 막 시작된 우리 부부의 여행이 무사히 마무리되길….

하늘과 맞닿다

✳   우리가 묵은 호텔 로비에 작은 식당이 있었다. 아침 식사의 꽃은 역시 호텔 조식 아니겠는가. 아담한 규모의 호텔답게 메뉴가 단출했지만 우리는 경쾌한 클래식을 즐기며 유럽식 조식을 즐겼다. 호텔이 개선문 근처에 있어서 파리 시내 주요 관광지를 다니는 건 어렵지 않았다. 루브르박물관과 오르세미술관을 거쳐 오귀스트 로댕의 〈생각하는 사람〉 동상을 찾아나섰다. 남편은 조각상을 흉내 내어 오른손을 턱에 괴고 사진을 찍으며 재미있어했다. 그날 우리는 온 파리 골목에 발자국을 남기고 말 것처럼 참 열심히도 걸어다녔다. 물랑루즈를 지나 몽마르트르 언덕을 가려고 버스를 기다리는데 커다란 맥주 광고판이 눈에 들어왔다. 아플리헴AFFLIGEM이었다. 목이 긴 둥근 잔에 가득 담긴 맥주가 어찌나 시원해 보이던지. 맥주 여행은 아직 시작도 안 했는데, 경건하게 보낸 어제와 달리 벌써부터 어디든 자리 잡고 앉아 맥주 한 모금 마시고 싶은 충동이 일었다. 하지만 꾹 참고 몽마르트르 언덕을 찾아 올라갔다.

흔히들 몽마르트르 언덕을 생각할 때 떠올리는 것은 바로 사크레쾨르 성당이다. 한참을 걸어 올라가다 커다랗고 하얀 둥근 돔이 보이자 발걸음이 가벼워졌다. 남편과 나는 성당에 가기 전에 먼저 맥주 한잔을 하기로 했다. 사크레쾨르 성당을 바라보려고 좌석이 나란히 놓여 있는 카페에 들어가 메뉴도 보지 않고 맥주를 주문했다. 바로 정류장 근처 광고판에서 본 아플리헴이었다. 그렇게 마셔보고 싶었던 아플리헴 맥주가 광고 속 그 잔에 가득 담겨 작은 테이블 위에 놓였다. 맥주를 한 모금 넘기는 순간 나도 모르게 "이번 여행은 무조건 성공이다!"라는 탄성이 터져나왔다.

우리는 맥주잔을 들어 건배한 뒤 사크레쾨르 성당을 향해 다시 한 번 잔을 들었다. 언덕에 오르느라 흘린 땀이 한번에 식었다. 시원하게 들이켠 맥주의 알싸한 맛과 혀끝에 느껴지는 달콤함이 식도를 타고 가슴까지 빠르게 내려갔다. 세상에 이렇게 맛있는 맥주가 있을까? 선물 같은 맥주 한잔을 감사히 마신 후 우리는 파리에서 가장 높은 곳으로 오르기 시작했다.

성당 올라가는 길에는 거리 공연가들이 많았다. 파리가 한눈에 내려다보이는 계단에 촘촘히 앉은 사람들 사이로 기타를 치며 노래를 부르는 뮤지션들이 있었고, 뒤쪽의 담벼락 위는 공 묘기를 선보이는 사람, 귓속말을 주고받는 사랑스러운 젊은 연인들로 활기가 가득했다. 우리는 이들 사이를 지나 성당에 도착해 돔으로 올라가는 티켓을 구입했다. 성당은 입장료가 없지만 돔으로 올라가려면 티켓을 구입해야 한다. 성당에 들어서니 하얀색 수도복에 검은 베일을 쓴 수녀님들이 제단 앞에 서서 성가를 부르고 있었다. 반주도 없이 노래하는 천상의 목소리들이 성당 구석구석을 축복으로 가득 메웠다. 우리는 뒤쪽에 앉아 수녀님들의 노래가 끝날 때까지 자리를 지켰다.

이제 돔으로 올라가야지. 좁은 나선형 계단을 오르고 또 올라 드디어 파리의 가장 높은 곳에 다다랐다. 성당의 첨탑과 기둥 사이로 저 멀리 에펠탑이 아주 작은 장난감처럼 보였고, 파리 시내가 시야에 들어왔다. 가장 높은 곳에서 내려다보는 파리는 평온했다. 복잡한 하루를 보냈는데 하늘에 맞닿을 것 같은 그곳은 다른 세계처럼 조용하고 경건했다. 파리에서의 마지막 날이 이렇게 마무리되고 있었다. 남편이 날 바라보며 조용히 웃었다.

브뤼헤

맥주 여행의 시작

*   테제베를 타면 프랑스 파리 북역에서 벨기에 브뤼셀까지 약 1시간 22분이 걸린다. 총 열흘간의 여정 가운데 기차를 타는 횟수를 따져보니 일곱 번 정도면 충분할 것 같았다. 그래서 7일 플렉시(비연속) 패스를 발권해서 왔다. 전체적인 일정은 미리 계획을 세웠지만 늘 변수가 있는 터라 파리에서 벨기에로 가는 기차는 예약하지 않았다. 유레일패스가 있으니 기차 시간만 확인하고 탈리스THALYS(파리–브뤼셀–암스테르담/쾰른을 운행하는 고속열차)에 탑승했는데, 승무원이 오더니 사전에 좌석 예약을 하지 않았다며 두 사람 합해 245유로를 지불하란다. 그러면서 잠시 후에 올 테니 돈을 준비하라며 245유로라고 쓴 구겨진 종이를 건넸다. 탈리스는 유레일패스로 타면 안 되는 기차인가? 승무원이 다시 왔길래 너무 비싸다고 말했더니 그가 다시 종이에 175유로를 써서 주길래 돈을 건넸다. 나중에 알고보니 유레일패스 소지자라 해도 유로스타, 탈리스, 아베 등의 열차는 좌석 예약이 필수, 예약비는 30유로 정도였다. 정식 영수증도 아닌 그냥 메모한 종이를 받고 현금을 건넨 어수룩 끝판왕인 나. 사실 그때는 바가지를 썼다는 것도 몰랐다.

우여곡절 끝에 브뤼셀에 도착한 우리는 호텔에 짐을 푼 다음 바로 기차를 타고 한 시간 정도를 달려 브뤼헤로 갔다. 기차역에서 브뤼헤 광장으로 이어지는 골목에 들어서면서부터 공연히 마음이 설렜다. 이따금 어떤 말로도 설명할 수 없는 신비로운 첫인상을 풍기는 장소를 만날 때가 있다. 브뤼헤가 그랬다. 아무런 정보도 없이 브뤼셀에서 가깝다는 정도만 알고 방문했는데 그곳의 풍광과 분위기는 예상보다 훨씬 아름답고 다채로웠다. 붉은 벽돌집이 나란히 들어선 골목은 영화 세트장을 방불케 했고, 넓은 광장을 오가는 사람들과 근세풍의 마차 등은 마치 놀이공원에 온 듯한 착각을 불러일으켰다. 도시 전체가 유네스코에 등재될 만큼 유구한 역사를 자랑하는 브뤼헤에서 얼마나 큰 만족감과 정서적 충일감, 기쁨을 느꼈는지 모른다.

이번 여행에서 벨기에는 잠시 들르는 작은 여행지였고, 더구나 브뤼헤는 브뤼셀만 방문하기 아쉬워 끼워 넣은 곳이었다. 어쩌면 복잡한 파리에서 넘어간 터라 브뤼헤의 소박한 풍광이 더 정감 있게 다가왔는지도 모르겠다. 조용하면서도 한편으로는 활기 있는 이 도시에서 우리는 벨기에 맥주 여행을 시작했다.

브뤼헤에 도착한 것은 오전 10시가 조금 넘은 때라 가기로 한 펍은 아직 문을 열기 전이었다. 그래서 시간을 보낼 겸 브뤼헤의 거리를 돌아다니는데 11시가 조금 넘으니 해가 쨍쨍한 기운을 뿜어냈다. 한여름 햇살이 넓은 광장에 거침없이 내려앉았다. 이때부터 남편과 나의 의견이 갈리기 시작했다. 가기로 한 펍이 문을 열 때까지 기다리자는 나와 이미 문을 연 다른 집에 들어가

자는 남편의 줄다리기. 하지만 이번 여행은 남편을 위한 것이니 내가 고집을 꺾을 수밖에. 우리는 파라솔이 예쁜 광장의 한 펍에 앉았다(실은 나도 햇볕 때문에 어딘가 자리 잡고 앉고 싶기는 했다). 남편은 자리에 앉더니 "난 어두컴컴한 펍보다 이렇게 광장을 바라보며 앉아 있는 게 좋아."라면서 콱Kwak이라는 맥주와 광대라는 의미의 브뤼흐스 조트Brugse zot를 주문했다. 유럽 맥주 여행을 하면서 알게 된 특징 가운데 하나는 그 수많은 맥주가 각기 다른 전용 잔에 담겨 나온다는 것이다. 특히 콱은 다른 잔에 비해 길이가 상당히 길고 특별히 제작된 나무걸이에 걸쳐져 서빙되는 것이 이채로웠다. 우리는 함께 주문한 감자튀김과 피자를 안주 삼아 맥주를 마시기 시작했다.

여름 한낮, 사방에 고풍스러운 건물들이 자리한 탁 트인 광장에서 마시는 맥주는 어떤 표현으로도 부족할 만큼 황홀하고 짜릿했다. 이 짜릿함에 남편의 행복한 표정이 한 스푼 얹어졌다. 장남인 남편은 말수가 적고 감정 표현에 인색한 편이다. 흥부자인 나의 표현력이 100이라면 남편은 채 15가 되지 않는데 그런 그의 얼굴에 150의 기쁨이 가득했다. 몇 년 동안 휴가도 자진 반납할 정도였던 워커홀릭 남편이 과감하게 유럽 맥주 여행을 실행에 옮기더니 현지에서 맛본 시원한 벨기에 맥주 한 모금에 무장 해제된 것. 급기야 이렇게 말하기까지 했다. "왜 그동안 이런 행

복을 몰랐을까?" 이런 고백까지 듣게 되다니 마치 해머로 머리를 맞은 듯했다. 이날은 심지어 나에게 맥주잔을 든 자신의 모습을 찍어달라고도 했다. 지금도 가끔 찾아보는 그날의 사진 속 남편은 진심으로 행복한 얼굴을 하고 있다.

우리는 첫 맥주에 이어 다소 다크한 느낌의 부르고뉴 데 플랑드르 브륀Bourgogne des flandres brune과 커다란 잔에 담겨 나온 트리펠 카르멀리엇Tripel karmeliet을 한잔씩 더 마신 뒤 광장 맞은편의 맥주 박물관에 갔다. 1인당 16유로씩을 내고 입장하니 작은 패드와 헤드폰, 박물관 안을 자유롭게 관람하며 맥주를 시음할 수 있는 세 개의 토큰이 주어졌다. 우리는 광장이 한눈에 내려다보이는 창가에 자리를 잡고 본격적으로 벨기에 맥주를 맛보기 시작했다. 한 사람당 석 잔씩 모두 여섯 잔을 받았는데, 우리가 선택한 것은 라 트라페La Trappe, 스틴브뤼헤 블론드Steenbrugge Blond, 스틴브뤼헤 트리펠Steenbrugge Tripel, 팜 로얄Palm Royale, 로덴바흐 프루티지Rodenbach Fruitage 등이었다.

여건이 되면 배도 타보고 싶었지만, 거하게 마신 낮술 덕에 배는커녕 기차를 타고 브뤼셀의 호텔을 찾아가는 것 자체가 큰 미션인 상황이 되었다. 브뤼셀에 도착해 맛있는 저녁과 함께 펍에서 맥주를 마시려던 계획도 결국 무산되었다. 남편이 호텔에 도착하자마자 세상 모르고 잠에 빠져들었기 때문이다.

핑크 코끼리
브뤼셀의

＊　　　　　　석양빛이 내리는 브뤼셀의 그랑플라스 거리를 한가로이 거닐면서 맥주를 마시려던 계획은 브뤼헤에서의 한낮 과음으로 인해 허망하게도 무산되었다. 호텔에 돌아온 후 잠깐만 자고 나가자던 남편이 아무리 깨워도 일어나지 않는 바람에 나는 저녁 내내 혼자 하염없이 창밖만 바라보았던 것. 한편으로는 이해할 수 있는 것이, 오랜 직장생활 동안 지각 한번 하지 않은 남편은 늘 새벽 4시면 일어나는데 유럽 와서도 시차 적응이 되고부터는 새벽에 일어나 움직였더랬다. 그런 데다 낮술까지 거나하게 마셨으니 쉽게 일어날 리 만무했다.

벨기에는 브뤼셀에서 하룻밤만 묵을 계획으로 방문했기 때문에 멋진 야경 감상은 브뤼헤의 낮술과 맞바꿀 수밖에 없었다. 그렇게 아침이 되었다. 하지만 여기까지 와서 벨기에의 펍을 포기할 수는 없지. 우리는 남편의 바이오리듬에 맞춰 일정을 일찍 시작하기로 하고 브뤼셀 거리로 나섰다.

델리리움DELIRIUM은 핑크 코끼리 로고로 유명한 벨기에의 펍이다. 같은 이름의 병맥주가 한국에 들어와 있을 만큼 유명한 델리리움은 취급하는 맥주만도 2천 가지가 넘는 맥주계의 절대 강자요 2004년 기네스북이 공인한, 세계에서 가장 많은 종류의 맥주를 파는 명실상부한 맥주의 성지이다. 델리리움에서 마실 수 있는 생맥주의 종류는 29가지인데 정기적으로 바뀌는 종류까지 포함하면 1년에 250가지가 넘는 생맥주를 맛볼 수 있다고 한다.

델리리움으로 들어가는 골목 입구는 모두 핑크 코끼리로 장식되어 있다. 델리리움이라는 단어는 섬망을 뜻한다. 델리리움에서 파는 맥주의 한 종류인 델리리움 트레멘스Delirium Tremens는 '알코올 진전섬망'을 뜻하는 의학용어에서 가져온 이름으로, 알코올 중독자가 알코올 양을 줄였을 때 나타나는 환각이나 떨림 등의 증상을 의미한다고 한다. 이 증상이 있을 때 대개 분홍 코끼리가 떠다니는 환각이 보인다고 해서 붙여진 이름이라니 왠지 섬뜩한 기분이 들기는 하지만 한편으로는 벨기에의 도수 높은 스트롱 에일을 잘 표현하는 이름이라는 생각이 들기도 했다. 내용을 모르고 보면 귀여운 핑크 코끼리만 기억날 뿐이지만….

우리는 11시에 오픈하는 델리리움 앞에 서 있다가 첫 번째로 입장했다. 역시나 오늘도 낮술로 하루를 시작하는군. 안에 들어서니 커다란 검은 칠판에 빼곡하게 적힌 맥주 이름과 알코올 도수가 먼저 눈에 들어왔다. 맥주는 250㎖, 500㎖, 1ℓ, 2ℓ로 구분해서 주문할 수 있었고 용량에 따른 가격도 적혀 있었다. 한 줄로 늘어선 맥주탭에서 원하는 맥주를 선택해 마실 수도 있었는데 그 종류와 양만으로도 압도되는 순간이었다.

사실 낮술이라기보다는 모닝 맥주를 마시러 온 셈이니 어디 골라봐야지. 먼저 이름을 걸고 만든 델리리움 트레멘스와 브뤼셀

중앙역 간판에서 우리를 맞아주던 시메 트리플Chimay Triple을 주문했다. 맥주치고는 도수가 상당히 높았지만 델리리움 트레멘스는 내 입맛에 딱 맞았다. 병맥주나 캔맥주와 달리 생맥주는 현지에서 바로 마셔야 그 나라의 물맛과 분위기를 섬세하게 느낄 수 있다. 그런 맛을 느끼고 싶어 우리도 여기까지 달려온 것 아닌가.

그다음엔 델리리움 녹투르눔Delirium Nocturnum과 팀머만스 괴즈Timmermans Gueuze를 주문했다.

람빅Lambic은 브뤼셀 일대에서 생산되는 자연 발효식 맥주로 인공 배양한 효모를 사용하지 않고 대기 중에 떠도는 여러 균체를 이용하여 만드는데 강렬한 신맛이 특징이었다. 강한 과일 향과 신맛 때문에 나와는 잘 맞지 않았지만, 평소 홍초를 좋아하는 남편은 입맛에 맞는다며 좋아했다.

델리리움에서 나온 뒤 브뤼셀의 맥주를 하나라도 더 맛볼 생각에 전통식 람빅 맥줏집 아 라 베카사A La Becassa를 찾았다. 한국으로 치면 막걸리와 파전을 파는 전통주점이라고 할 수 있었다. 고전적인 분위기의 조명과 앤틱 가구들이 조화로운 곳이었는데, 특히 벨기에 맥주 람빅을 도자기로 만든 전통 잔에 따라마시니 술맛이 더 그윽하게 느껴졌다. 아직 셰프가 출근하기 전이라 우리는 일단 술만 주문했는데, 북적이는 사람들과 흥겨운 음악으로 가득한 저녁 시간에 마시면 분위기가 더 살아날 것 같다는 생각이 들었다. 인터넷을 통해 많은 정보를 얻을 수 있는 시대, 때로는 마음 가는 곳에서 생각지 못한 즐거움을 얻고 놀라운 발견을 하기도 한다. 나는 완벽하게 짜여진 일정보다 이런 경험에서 여행의 참맛을 느끼곤 한다.

특별한 맥주를 맛본 뒤 점심 식사를 하러 간 셰 레옹CHEZ LEON이라는 레스토랑은 브뤼셀 시내를 돌아다니다가 사람들이 제일 많길래 그냥 들어간 곳이었다. 유럽의 여느 식당들처럼 사람들이 야외 파라솔 아래에 앉아 홍합탕을 먹고 있었다. 검은 냄비에 담

긴 뽀얀 국물의 홍합탕이 얼마나 미적으로 다가오던지 우리는 홍합탕을 두 개 시켜 폭풍 흡입했다. 백짬뽕 맛과 비슷한 것도 같은데, 하얀 국물에서 풍기는 셀러리 향이 신선한 맛을 더했다. 이런 좋은 안주에 맥주가 빠질 수 있나. 우리는 조금도 고민하지 않고 라 레옹La Leon과 조르주 필스Georges Pils를 주문했다. 개운한 필스너 맥주와 홍합의 조화가 뛰어났다.

벨기에는 언젠가 기회가 되면 꼭 다시 장기 여행을 가고 싶은 곳이다. 작은 나라라고 스치듯 지나가서는 안 되는 곳이 바로 벨기에였다. 그나마 이번 일정 중 빠뜨리지 않은 걸 다행으로 여기며 우리는 암스테르담으로 넘어갔다.

암스테르담
쉽지 않은 도시

*　　　　이상도 하지. 개인적으로는 이번이 세 번째 방문인데 암스테르담은 올 때마다 기억에 남을 만한 일이 생긴다. 처음 방문했을 때는 공교롭게도 유럽에 20년 만의 폭설이 내려 모든 비행기가 결항하는 바람에 스히폴공항 바닥에서 30시간을 지내며 영화 〈터미널〉의 주인공 톰 행크스 처지를 경험해야 했다. 두 번째 방문했을 때는 암스테르담시 청소부들의 파업으로 온 거리가 쓰레기로 넘쳐나 결국 관광을 포기하고 공항으로 돌아갔더랬다.

남편과 다시 찾은 암스테르담. 이번엔 과연 무사히 넘어갈까 했는데 역시나! 브뤼셀에서 두 시간이면 도착하는데 기차가 연착하는 바람에 네 시간 넘게 걸려 저녁에야 암스테르담에 닿았다. 암스테르담은 역시 나를 쉽게 받아주지 않는 도시구나….

우리가 묵을 호텔은 암스테르담 중앙역에서 도보로 갈 수 있는 거리에 위치한 모벤픽 호텔이었다. 중앙역에서 바로 보이는 곳에 있지만 2주치 짐이 들어 있는 캐리어를 끌고 호텔까지 걷기란 결코 만만치가 않았다. 순간 자동차 백미러에 적혀 있는 문구가 생각났다. 사물은 보이는 것보다 가까이 있을 수도 있지만, 생각보다 멀리 있을 수도 있다는.

고생 끝에 도착하여 체크인을 하는데 수속을 도와주는 호텔

리어가 무척 친절했다. 이름표에 Laura라고 적혀 있길래 더욱 친근한 느낌이 들어 한번 불러보았다. 내가 자신의 이름을 부르자 방긋 웃는다. 이름에 대한 칭찬을 건네면서 남편과 결혼 25주년을 기념하는 특별한 여행을 왔다고 슬쩍 언질을 주니 기분 좋게 축하한 후 잠깐 기다려 보란다. 그러고는 룸의 층수를 올려주고 허니문 초콜릿과 바에서 사용할 수 있는 와인 음료권을 두 장 내미는 것이 아닌가. 기분 좋은 선물이었다. 내가 음료권을 내보이며 씽긋 웃자 무덤덤한 남편도 놀라는 표정을 지었다.

집에만 있으면 도저히 알 수 없는 여러 상황을 경험하게 되는 것 또한 여행이 주는 선물이다. 내 성격이 적극적인 건 알고 있었지만, 체크인을 돕는 직원과 간단히 몇 마디 나누었을 뿐인데 전망 좋은 층수를 배정받고 와인 음료권과 초콜릿을 받는 걸 눈앞에서 본 남편은 자신이라면 절대 할 수 없는 일이라며 놀라워했다. 같이 오지 않았다면 나의 이런 면모를 남편은 영영 몰랐겠지.

새로 배정된 룸은 9층이었다. 방에 들어가자마자 창문을 여니 창밖의 전망이 예사롭지 않았다. 암스테르담Aemstelredam은 암스텔강에 댐을 쌓아 만든 도시라 그렇게 불리게 되었다고 한다. 도시 이름에 강과 댐을 넣을 만큼 물과 가까운 도시인 것이다. 운하와 함께 어우러지는 다리들과 강을 따라 흐르는 유람선이 한 폭의 그림처럼 창밖으로 펼쳐지고 있었다. 호텔이 정말 마음에 들었지만 그렇다고 실내에만 있을 수는 없는 법. 짐만 내려놓고 다시 올드타운으로 가기로 했다. 우리는 호텔을 나서기 전에 1층 바로 가서 친절한 로라 씨가 준 쿠폰으로 화이트와인 두 잔을 받아들고는 암스테르담 여행도 놀라움의 연속이 되길 바라는 마음을 담아 건배했다.

제일 먼저 찾아간 곳은 운하를 끼고 있는 아담한 펍이었다. 네덜란드 펍에서는 어떤 신선한 맥주를 경험할 수 있을까? 저녁이어서인지 카운터 형태로 된 좌석에 사람들이 제법 북적거렸다. '술시'에 술을 먹어보고 싶다고 그렇게 외치더니 드디어 저녁에 사람 많은 술집에 들어온 것이다. 작은 선술집이지만 꽤 많은 맥주 종류가 커다란 칠판 가득 적혀 있었다. 우리는 바텐더가 권하는 맥주를 선택했다.

엑스트라 스타우트Extra Stout와 라 트라퍼 퓌르La Trappe Puur를 주문하고 자리에 앉아 있는데 왠지 모를 어색함이 느껴졌다. 단골로 보이는 이들로 가득한 맥줏집에서 주문 방법도 서투르고 맥주 종류도 모르는 우리는 괜스레 눈치가 보였다. 지금 생각해도 참 이상하다. 동양인이 우리뿐이어서 그랬을까? 아니면 그다지 친절하지 않았던 바텐더 때문이었을까. 우리가 있을 자리가 아닌 것 같다는 불편함은 남편도 느끼는 것 같았다. 내 돈 주고 마시는 술인데, 술 마시고 남에게 민폐를 끼치는 스타일도 아닌데 왜 그랬을까. 우리는 이유 모를 불편함과 어색함에 맥주를 한 잔씩만 마시고는 서둘러 그곳을 나왔다.

배도 고프고 맥주도 좀더 마시고 싶은데 이미 밤 10시가 넘은 시간이라 문을 닫은 식당이 많았다. 벨기에서부터 오느라 우리에게 여기저기를 찾아다닐 만큼의 에너지는 남아 있지 않았다. 뭐라도 좀 먹으려고 눈에 보이는 스테이크집에 들어갔는데 그곳에서 먹은 치킨과 스테이크는 맛이 정말로 형편없었다. 그래도 맥주는 마시고 싶어 뒤벌Duvel과 프랑스에서 맛있게 마셨던 아플리헴 블론트 병맥주를 시켰다. 뒤벌의 밀도 높은 풍성한 거품은 역시 일품이었다. 나처럼 상한 음식만 아니면 뭐든 잘 먹는 사람이 맛없다고 할 정도면 진짜 형편없다는 말인데, 그나마 정품 맥주 뒤벌과 아플리헴 블론트가 음식 맛을 커버했다. 문득 나는 근본적인 질문에 봉착했다. 네덜란드 음식이 원래 이렇게 맛이 없나?

하
이
네
켄

＊   방문하는 지역의 생맥주를 조금씩이라도 빠짐
없이 맛보는 게 이번 여행의 목적이었기에 간밤에 펍에서 마신
생맥주 한잔은 영 아쉽기만 했다. 그래서 우리는 아침 일찍 암스
테르담 중앙역 안내센터에 가서 하이네켄 체험관을 예약했다.
중앙역에서 버스를 타고 체험관 앞에 도착했는데 일찍 서둘렀
는데도 이미 줄이 꽤 길었다.

　나는 외국을 방문할 때 그 나라의 유명한 맥주 박물관은 가
능한 한 가보는 편이다. 아일랜드의 기네스 맥주 박물관이나 일
본의 삿포로 맥주 박물관, 중국의 칭다오 박물관 등을 가봤지만
이렇게 다이내믹한 프로그램으로 방문자의 마음을 사로잡는
곳은 처음이었다. 예약을 했기에 망정이지 그냥 왔다가는 낭패
를 볼 뻔했다.

　별 기대 없이 방문했는데 체험관에서 짜임새 있는 다양한 프
로그램을 운영하고 있어 시간 가는 줄 모를 만큼 즐거웠다. 맥주
가 만들어지는 공정을 보여주는 것은 물론이거니와 홀로그램으
로 설립자의 손녀가 등장해 하이네켄의 역사를 설명해주기도
했다. 정확히 알아듣지는 못했지만, 첨단 시설을 이용한 참신한
프로그램이 인상적이었다. 3D 하이네켄 쇼는 마치 클럽 안에 있
는 듯한 현란한 조명과 웅장한 사운드 그리고 영상으로 보는 이

의 눈을 사로잡았다. 오락용 기구들도 중간중간 체험했는데, 특히 자전거를 타면서 영상 속의 암스테르담을 둘러보는 가상체험이 매우 독특하고 흥미로웠다. 마차에서 사진을 찍어 파일로 주거나 맥주병에 레이블을 제작해주는 프로그램도 있었는데, 나중에 카메라를 찾지 못해 엉뚱한 곳을 바라보고 있는 우리 모습을 사진으로 확인하고 한참 웃기도 했다.

체험관에 입장할 때는 예약을 확인한 후 팔목에 팔찌를 채워주고 귀여운 모양의 병따개를 기념품으로 준다. 고무 재질의 팔찌에 두 개의 토큰이 끼워져 있는데, 토큰 하나에 맥주 한 잔을 마실 수 있었다. 즉 체험관에서 두 잔의 맥주를 맛볼 수 있는 것. 체험 도중에 맛보기 맥주를 한잔 더 마실 수 있어서 점심시간이 되기도 전에 가장 신선한 하이네켄 석 잔을 맛볼 수 있었다.

남편과 둘이 스탠딩 테이블에 서서 "너무 신난다! 여기 오길 잘했네!" 하며 맥주를 마시는데, 한국인 청년 하나가 함께 마셔도 되겠느냐고 정중히 물어왔다. 이야기를 나누어보니 청년은 막 대학을 졸업하고 입사까지 확정됐는데 첫 출근을 하기 전 짬을 내 혼자 유럽 여행을 왔다고 했다. 청년은 우리를 보며 부모님 생각을, 우리는 그 청년을 보며 집에 있는 딸 생각을 했다. 나는 안주로 먹으려고 가방에 넣어두었던 아몬드 한 봉지를 꺼내 그에게 건넸다. 깍듯하게 인사하는 그의 모습이 대견해 보였고, 이 우연한 만남이 무척이나 소중하게 느껴졌다. 작별 인사를 나누면서 나는 청년이 별탈 없이 여행을 마치기를, 직장에서도 힘차게 뜻을 펼치기를 마음으로 빌었다.

하이네켄 체험관에서 보낸 한 시간은 신나는 모험 그 자체였다. 커다란 하이네켄 맥주병 사진이 사방을 초록으로 물들이고 있었는데, 맥주를 시음하지 않아도 분위기에 취할 만큼 세련되고 매혹적인 구성이었다.

체험관 한쪽 선물가게에서 판매하는 물건들 역시 퀄리티가 매우 높았다. 티셔츠, 맥주잔, 병따개, 가방 등등 많은 물건이 온통 그린색으로 넘쳐났다. 남편은 맥주를 마시려면 물건을 들고 다니는 것이 번거로울 수 있다며 아무것도 사지 말자고 했지만, 나는 남편에게 구매자의 닉네임을 레이블에 새겨주는 하이네켄 한 병을 선물했다.

체험관을 나오면서 한국에 돌아갔을 때 하이네켄이 이전과는 다르게 보일 것 같다는 생각이 들었다. 만약 암스테르담 관광을 계획한다면 완벽한 볼거리, 즐길거리, 먹을거리에 남녀노소 누구나 지루하지 않게 시간을 보낼 수 있는 하이네켄 체험관을 꼭 가보시길! 물론 예약은 필수다.

완벽한 기적

퀼른메시역의

＊   암스테르담에서 모닝 맥주를 석 잔이나 마신 뒤 다음 행선지로 떠날 준비를 했다. 이제는 독일이다. '맥주'라는 단어를 검색창에 치면 언제나 연관 검색어로 따라오는 바로 그곳.

독일에서 첫 번째로 갈 곳은 뷔르츠부르크지만 암스테르담에서 다섯 시간 넘게 걸리는 곳이라 우리는 중간 지점인 쾰른에서 잠깐 내려 지역 맥주인 쾰슈Kölsch를 마셔보는 걸로 계획을 살짝 수정했다. 확인해보니 기차가 쾰른역에서 40분 정도 정차할 예정이었다. 그렇다면 중앙역 바로 앞에 있는 쾰른 성당을 잠시 구경한 다음 그리 멀지 않은 펍에서 맥주를 한잔씩 맛보고 다시 기차를 타면 될 것 같았다.

드디어 기차가 쾰른에 도착, 우리는 성당 맞은편 야외 카페에 앉아 가펠 쾰슈Gaffel Kölsch를 주문했다. 슈타너Stange라 불리는 좁고 긴 200㎖ 잔에 맑고 부드러운 필스너 맥주가 풍성하고 탐스러운 거품에 덮인 채 서빙되었다.

독일에서 네 번째로 큰 도시 쾰른에서 만들어지는 쾰슈는 1918년부터 공식적으로 이 이름을 사용해왔다고 한다. 20세기 이전에도 쾰른 지역에 오래된 양조장이 여럿 있었지만 쾰슈라는 이름으로 통일된 것은 독일 남부와 체코에서 기원하여 인기를 얻은 이래 지금까지 인기를 누리는 필스너 라거 때문이라고. 맑은 색상과 깔끔한 뒷맛이 특징인 필스너 라거가 인기를 끌면서 쾰른 사람들이 그동안 마셔온 무거운 맥주를 멀리하게 되었고, 이런 상황을 타개하기 위해 쾰른 지역의 양조장들이 야심차게 만들어낸 혁신적인 맥주가 바로 쾰슈라는 것. 그렇다면 쾰슈의 맛은 과연 어떨까?

200ml짜리 작은 잔에 담겨 나온 4.8도의 맥주는 40분이란 짧은 시간 안에 즐기기에 딱 알맞았다. 맛도 역시나 아주 청량하고 깔끔하고 가벼웠다. 이미 사랑에 빠진 벨기에 맥주보다 더 좋다고는 할 수 없지만 깔끔한 맛을 선호하는 이들에게는 최적화된 맥주라는 생각이 들었다.

쾰른역에서의 추억 가운데 빠뜨릴 수 없는 게 또 하나 있다. 짧은 시간 안에 무거운 짐을 끌고 다니면서 제대로 된 음식을 주문하고 맛보기는 어려울 것 같아서 역 구내의 핫도그 가게에서 핫도그를 하나 사 먹었다. 빵 사이에 무심하게 소시지를 하나 끼워주는데, 독일 소시지가 왜 세계적으로 유명할 수밖에 없는지를 여실히 보여주는 생각지 못한 맛이었다. 아니면 우리의 입맛이 저렴했던 것일까. 빵은 짜지도 달지도 않고, 밋밋한 듯하면서도 담백했으며, 겉은 바삭하고 속은 쫄깃하면서 부드러웠다. 거기에 씹으면 육즙이 툭 터지는 소시지와의 조화는 또 얼마나 예술적이던지. 아무 기대 없이 먹어서 더 그랬는지는 모르지만 우리

는 감탄을 연발했다. 얼마나 맛있던지 부지런히 역으로 돌아오는 길에 하나 더 사서 먹기까지 했다.

모든 것이 완벽했다. 쾰른에 잠깐 내린 것도, 우연히 사 먹은 맛있는 핫도그도, 가늘고 긴 잔에 뽀글뽀글 기포를 뿜어올리며 여행자의 목을 적셔주었던 청량한 쾰슈 맥주도, 역 바로 앞에 위치한 웅장하고 경이로운 쾰른 성당도 모두 40분이란 짧은 시간 안에 경험했으니 완벽하지 않은가.

하지만 이렇게 모든 것이 좋으면 여행이 아니다. 기차역을… 잘못 찾은 것이다. 분 단위로 쪼개서 완벽하게 쾰슈를 마신 것까지는 좋았는데 쾰른에 기차역이 두 개라는 걸 몰랐던 것. 뷔르츠부르크역까지 가는 기차는 쾰른 메시역에서 출발하는데 우리는 쾰른 메인역에서 열차를 기다리고 있었다. 이상하게 뷔르츠부르크까지 간다는 안내가 어디에도 없어 지나가는 아주머니에게 물어보니 이 역이 아니란다. 이런! 아주머니는 거기서 다시 로컬 기차를 타고 메시역으로 가라고 일러주었다.

다행히 우리는 얼마 후 로컬 기차를 탔고, 메시역에 내린 뒤 뷔르츠부르크행 기차가 출발하는 플랫폼을 향해 무거운 짐을 들고 전속력으로 달렸다. 시간표대로라면 시간은 2분 정도 남아 있었다. 급하면 초인적인 힘이 발휘된다는 걸 나는 그날 다시 한번 깨달았다. 그렇게 무거운 짐을 끌고 어떻게 두 다리가 그토록 빨리 움직일 수 있었는지 지금 생각해도 믿어지지 않는다.

그래서 기차를 탔을까, 놓쳤을까? 그날 메시역을 알려주신 아주머니에게 마음으로 백 번은 감사 인사를 드렸다. 덕분에 2분의 기적을 경험할 수 있었으므로!

석양을 담다

와인잔에

*   전속력으로 달려 올라탄 기차는 우리를 무사히 뷔르츠부르크에 데려다주었다. 독일에는 이름도 예쁜 로만티크 가도가 있다. 독일 중남부의 뷔르츠부르크와 남부의 퓌센을 남북으로 연결하는 길이 400킬로미터가 넘는 고속도로로, 이 도로가 경유하는 특징 있는 작은 소도시들에 유명한 관광지가 형성되어 있다. 1950년부터 적극적으로 개발되기 시작해 지금은 명실공히 독일을 대표하는 관광 인프라 역할을 하고 있다. 독일의 진면목을 알고 싶다면 꼭 한번 경험해 볼 것을 권한다.

그런데 우리의 목적은 로만티크 가도가 아니라 뷔르츠부르크의 화이트와인이었다. 비록 맥주 여행을 하고 있지만 뷔르츠부르크 코앞까지 와서 그 유명하다는 화이트와인을 외면하는 건 예의가 아니었다. 뷔르츠부르크 중앙역에서 택시를 타고 숙소에 도착하니 어느새 하늘 한쪽이 노을로 물들기 시작했다.

이번에도 우리는 호텔 방에 짐만 휙 던져놓고 도시를 가로지르는 마인강의 알테 마인 다리를 향해 걸어갔다. 호텔에서 알테 마인 다리까지 도보로 10분 정도밖에 걸리지 않는다고 해서 산책 겸 걸어가는데, 이미 적지 않은 사람들이 나와 삼삼오오 자리를 깔고 앉아 맥주를 마시거나 노을을 구경하고 있었다. 덕분에 강을 따라 걸어가는 내내 사람 구경, 건물 구경을 할 수 있었다. 석양을 일상에 들여놓을 줄 아는 사람들이 멋스럽게 느껴졌다.

알테 마인 다리에 온 이유는 앞서 말한 것처럼 뷔르츠부르크에서 꼭 맛봐야 할 와인 때문이기도 했지만 멀리 바라다보이는 마리엔베르크 요새를 보기 위해서이기도 했다. 우리가 방문했을 때는 마리엔베르크 요새가 프랑켄박물관으로 사용되고 있었다. 높은 언덕에 설치된 가로등에 불빛이 들어오자 뷔르츠부르크의 상징이라고 해도 좋을 요새의 아름다운 자태가 드러났다. 그 풍경을 보고 있자니 왜 뷔르츠부르크에서 로만티크 가도가 시작되었는지 말로 설명하지 않아도 알 것 같았다.

뷔르츠부르크가 있는 프랑켄 지방은 독일의 다른 지역과 달리 와인을 담는 병이 독특한 것으로도 유명하다. 과거 사냥을 다닐 때 적당한 용기가 없어 염소 고환에 와인을 담았는데 이후 그 모양을 본떠 만든 병이 바로 복스보이텔이다. 만약 프랑켄을 방문한다면 복스보이텔에 담긴 와인을 한 병쯤 구매해서 마셔보는 재미를 놓치지 않았으면 좋겠다. 이곳은 독일의 대표적인 화이트와인 산지로 뮐러-튀어가우Müller Thurgau, 실바나Silvana, 바쿠스Bacchus 같은 우수한 품종으로 와인을 주조하는데 직접 맛보니 풍미가 아주 훌륭했다.

우리가 도착했을 때 다리는 이미 사람들로 가득했다. 주변에 변변한 레스토랑이 없는데도 북적대는 사람들 손에는 모두 와인잔이 들려 있었다. 알고보니 다리 끝쪽에 있는 작은 레스토랑

에서 와인을 팔고 있었던 것. 테이크아웃을 전문으로 하는 가게 같길래 우리도 줄을 서서 앞 사람들이 어떻게 와인을 구매하는지 살폈다. 그리고 그들이 하는 대로 19유로에 구입한 토큰을 내고 내 것으로는 실바너, 남편이 마실 것으로는 바쿠스를 주문했다. 브뤼헤에서도 하이네켄 체험관에서도 맥주를 주문할 때 토큰을 냈는데, 그러고보니 유럽은 토큰을 참 좋아하는 것 같다. 토큰은 일종의 와인잔 예치금이다. 와인 값은 9유로, 10유로는 와인을 다 마신 후 잔을 가져가면 돌려받는다.

안주도 없이 달랑 와인잔만 들고 우리는 다시 다리 위로 향했다. 그리고 이미 어두워진 마인강을 비추는 마리엔부르크 요새의 불빛을 안주 삼아 그날의 피로를 달랬다. 반짝이는 강물만큼이나 빛나는 와인잔 안으로 요새 풍경이 쏙 들어왔다.

어디선가 들려오는 잔잔한 음악과 달빛을 받아 반짝이는 강물의 눈부신 윤슬을 보며 나는 문득 더없는 행복감에 빠져들었다. 독일을 오기 전에는 이름도 들어본 적도 없는 작은 마을 뷔르츠부르크의 다리 위에서 남편과 함께 와인잔을 부딪히며 서 있다는 것이 꿈만 같았다. 잔을 들고 요새를 바라보는 남편의 눈이 반짝이고 있었다. 너무 좋다고 말하는 남편을 보니 일정을 짜느라 힘들었던 시간이 다 보상받는 느낌이었다. 무뚝뚝한 줄로만 알았던 남편에게 이렇게 감상적인 구석이 있다니, 새로운 발견이었다.

아마 알테 마인 다리에서 맥주잔이나 레드 와인잔을 들고 있었다면 이런 감상에 젖어들기는 어려웠을 것이다. 화이트와인잔에 맑게 투영되는 뷔르츠부르크를 제대로 느끼지 못했을 것이다.

밤베르크 훈제 맥주

*   원래 뷔르츠부르크 다음에는 로텐부르크를 갈
계획이었는데, 우리는 그곳을 과감하게 패스하기로 하고 훈제
맥주가 유명한 밤베르크로 갔다. 남편이 훈제 맥주를 더 맛보고
싶어 했기 때문이다. 자유여행의 특권은 그때그때 지역과 일정
을 원하는 대로 변경할 수 있다는 것이다. 우리의 목적은 훈제
맥주였고, 훈제 맥주는 밤베르크가 유명했고, 그렇다면 밤베르
크에서 맥주를 잘 만드는 것으로 유명한 선술집만 찾으면 끝!

밤베르크는 도시 전체가 유네스코 세계문화유산으로 지정되
어 있을 만큼 역사적인 곳이지만, 한국인이나 중국인, 일본인에
게는 비교적 유명하지 않아서인지 길에 동양인이 보이지 않았
다. 밤베르크는 제2차 세계대전 당시 공습을 당하지 않은 독일
도시 가운데 하나로 중세의 고풍스러운 건물이 여전히 보존되
어 있어 매력적이었다. 독일인들이 자국에서 가장 아름다운 지
역으로 손꼽을 만큼 많은 사랑을 받는 도시이기도 했다.

아름다운 레그니츠Regnitz 강변의 독일 특유의 고건축물들을
감상하며 찾아간 곳은 슈렝케를라schlenkerla라는 레스토랑이었
다. 외형은 그냥 평범한 가정집처럼 보여 입구 왼쪽에 붙은 간판
을 보고야 겨우 찾을 수 있었다. 슈렝케를라는 2층의 초록색 나
무 창턱에 보라색 꽃을 장식해서 외관이 무척 화려했다. 현재 경
영자까지 6대째 이어 내려오는 전통 깊은 이 맥줏집은 1678년

지금 이 자리에서 처음 영업을 시작했다고 한다.

독일어로 라우흐비어Rauchbier라고 하는 훈제 맥주가 탄생한데에는 꽤 흥미로운 비사가 전해져온다. 과거 수도사들이 맥주를 만들다가 양조장에 화재가 나서 몰트(보리)가 모두 탔는데 그냥 버리기가 아까워 맥주를 만들었다가 뜻밖의 맛을 만들어냈다는 전설 같은 이야기다. 이 맥주는 너도밤나무 같은 나무로 몰트를 훈제해서 만드는데 밤베르크 지역에서만도 30여 종 이상이 주조되고 있으며, 다른 독일 맥주들의 추격을 따돌리고 가장 특별한 맥주로 사랑받고 있다.

유명한 밤베르크의 훈제 맥주를 찾아 달려왔으니 이제 맥주에 곁들일 안주만 결정하면 된다. 하지만 슈렝케를라 안으로 들어가니 이미 좌석이 만석이었다. 줄을 서야 하나? 이 맥주를 마시기 위해 여기까지 온 거라 다른 곳으로 가기도 뭣해 잠깐 난감해하는데 종업원이 우리를 밖으로 안내했다. 실내를 지나 뒷문으로 나가니 정원이 나타나고 곳곳에 야외 테이블이 놓여 있었다. 야외도 손님들로 발 디딜 틈 없이 꽉 차 있었다. 얼마나 맛있길래…. 한참을 기다려도 자리가 나지 않아 쭈뼛대며 기다리고 있는데 종업원이 합석도 괜찮냐고 묻는다. 당연하지! 커다란 테이블에 여러 사람이 둘러앉아 있다. 독일까지 와서 모르는 사람들과 같이 맥주를 마시게 되다니 은근 재미있기도 하고 낯설기도 했는데, 함께 앉은 독일인 부부가 인사를 건네며 어디서 왔는지 물었다. 자신들은 밤베르크에 거주하는 학교 교사라고 했다. 우리가 간단하게 여행 사연을 설명하니, 그들은 본격적으로 독일 맥주를 자랑하기 시작하면서 꼭 훈제 맥주를 마셔보라고 권했다.

다른 사람들은 무얼 주문했는지 둘러보니 역시나 동양인은 우리뿐이고, 안주 접시도 눈에 띄지 않고 죄다 맥주잔뿐이었다. 우린 훈제 맥주 두 잔과 슈바인스학세shweinshaxe 그리고 세 종류의 밤베르크 전통 소시지를 주문했다. 슈바인스학세는 바이에른을 대표하는 요리 가운데 하나로 돼지 다리를 향신료와 흑맥주로 숙성시켜 오븐에 굽는 음식이다. 우리나라의 족발과 비슷하다고 생각하면 될 것 같다. 족발은 독일뿐만 아니라 오스트리아의 슈텔처Stelze나 체코의 콜레노Koleno, 이탈리아의 잠포네 디 모데나 Zampone di Modena 등 여러 나라에서 특색 있는 조리법으로 선보이는, 의외로 보편적인 식재료다. 내 경험에 한정시켜도 족발은 어느 나라를 가도 진리였지 실망한 적이 없었다.

드디어 아이보리색 거품으로 뒤덮인 검은 맥주가 향을 뿜으며 나무 테이블 위의 알록달록한 코스타에 놓였다. 난 먼저 검은 생맥주의 향부터 음미했다. 그다지 강하지도 않고 그렇다고 가볍지도 않은 고급스러운 마호가니 나무 향이 났다. 알코올 도수가

5.1도인 밤베르크 훈제 맥주는 아일랜드의 기네스와는 또 다른 색과 맛을 가지고 있었다. 마음의 특별함이 혀에도 전달되었는지 안주를 먹기 전 벌컥벌컥 마셔댄 훈제 맥주가 식도를 타고 몸속으로 내려가면서 기분 좋은 자극을 주었다. 기대했던 것보다 훨씬 부드럽고 맛있었다. 자칫 흑맥주로 착각하기 쉬운 훈제 맥주가 이런 맛이구나! 이래서 유명하구나! 처음 몰트를 태우고는 망했다고 낙담하던 수도사들이 맛을 보고 얼마나 좋아했을까? 얼마나 웃었을까?

잠시 후 수수한 모양의 접시에 놓인 슈바인스학세와 크뇌델이라는 감자 경단 그리고 사워크라우트가 함께 나왔다. 슈바인스학세를 한입 무니 겉은 바삭하고 속은 게살만큼이나 부드러워 훈제 맥주와 찰떡 궁합이 따로 없었다. 거기에 느끼함을 잡아주는 사워크라우트를 곁들이니 맥주가 계속 들어갔다. 독일 바이에른 지방의 운치를 제대로 느낀 저녁 식사였다.

신선한 맥주와 독일 전통 음식의 조합은 한국에 돌아온 후에도 한동안 머릿속을 떠나지 않았다. 만약 시간이 넉넉히 주어진다면 독일 한 국가만 목적지로 정해 여러 소도시들을 구석구석 돌아보고 싶다. 시간에 쫓기지 않고 충분하게 독일이라는 나라를 만끽하고 싶다.

뉘른베르크
느린 여행지

*   밤베르크의 훈제 맥주 향을 마음에 품고 남쪽으로 내려가는 길, 뉘른베르크에 잠깐 들르기로 했다. 뮌헨을 거쳐 퓌센에 도착하면 맥주 여행도 마무리해야 할 텐데, 여행 내내 너무 쉼 없이 달렸기에 어느 맞춤한 한 지점에서 술추렴도 멈추고 그냥 걷기도 하며 속도를 한 박자 늦추기로 한 것이다. 우리는 그 지점을 뉘른베르크로 잡고, 일찌감치 호텔에 들어가 충분히 쉬고는 다음 날 아침 일찍 소도시인 이곳을 한 바퀴 돌아보기로 했다. 뮌헨에서의 맥주 전투를 준비해야 하니까!

우리는 뉘른베르크에서 가장 높은 곳에 있는 카이저부르크성 Kaiserburg(뉘른베르크성)까지 올라가는 산책을 오늘의 일정으로 잡았다. 카이저부르크성을 산책 코스로 정한 것은 이곳이 붉은 지붕들로 가득한 중세의 아름다운 도시 뉘른베르크의 전경을 한눈에 볼 수 있는 장소이기도 하고, 천천히 걸으며 올라가는 길에 과거의 모습을 간직하고 있는 구도심 풍경을 만끽할 수도 있기 때문이었다. 올라가다 힘들면 카페 테라스에 앉아 커피 한 잔을 마시며 코끝에 스치는 독일의 바람과 하늘을 느끼고, 여행의 진정한 의미를 지그시 음미할 수 있으니 더할 나위 없는 코스였다.

성에 오르는 동안 목 뒷덜미를 타고 흘러내린 땀은 도시 꼭대기로 불어오는 바람에 금세 식었다. 탁 트인 전망대에서 내려다보는 도시는 온통 붉은빛 지붕으로 가득했는데 자세히 보니 다들 제각각이다. 뾰족한 지붕도 있고 비교적 완만한 지붕도 있다. 붉은 지붕과 어울리는 파란 하늘과 지붕 위로 그림자를 만들며 흐르는 구름도 몹시 아름다웠다. 내내 선술집에 앉아 맥주만 음미하다 이렇게 높은 곳까지 올라와 시원한 바람에 열기를 식히고 있자니 또다른 기쁨이 찾아왔다. 이래서 많은 관광객들이 기념물의 첨탑 위에 올라가고 지역의 높은 명소를 찾는 걸까. 역시 높은 곳에서 즐기는 경치는 강력한 열락을 안겨준다. 높은 곳에서 아래를 내려다보면 모든 것이 부질없어 보이기도 하고, 또 모든 것을 포용할 수 있을 것 같은 마음이 들기도 한다. 더 이상 오를 데가 없다는 것을 확인하는 순간 짜릿한 기분이 들기도 한다.

도시 전체를 충분히 굽어보고 내려오니 광장에 장이 열리고 있었다. 한가로웠던 꼭대기와 사뭇 다른 분위기. 치즈, 과일과 채소 등 다채로운 물건을 사고 파느라 복닥거리는 장을 구경하는 재미가 제법 쏠쏠했다.

우리는 뮌헨으로 가는 기차 안에서 먹을 납작복숭아를 몇 개 샀다. 복숭아를 워낙 좋아해서 독일에서 만난 신기하게 생긴 복숭아 맛은 어떨지 궁금했다. 알고보니 독일에서도 납작 복숭아는 딱 여름 한철 맛볼 수 있단다. 여행을 하다보면 이런 사소한 행운마저 감사하고 신이 난다. 한국에서 먹어볼 수 없는 과일을,

계절과 시간이 맞아야 먹을 수 있는 과일을, 현지에서만 먹는 그 과일을 이렇게 먹어볼 수 있다니!

　남편은 복숭아를 좋아하지 않는데 납작복숭아를 한입 베어 물더니 생각이 완전히 달라졌다. 아주 달고 맛있는 데다 모양이 납작해서 먹기도 편하다며 좋아했다. 우리는 기차역 플랫폼에 앉아 복숭아 다섯 개를 마파람에 게 눈 감추듯 먹어 치웠다. 혹시 복숭아를 좋아하는 분이라면 여름에 유럽 여행을 가보시길 강력히 권한다. 여행은 명분이 있을 때 더 강렬하게 여행자를 사로잡는 법이니까.

소
년
맥
주

*   여행에는 '허투루'가 없다는 말은 진실에 가깝다. 그러니까 여행 중에 설사 길을 잃는다고 해도, 무언가 소중한 물건을 분실한다고 해도, 원하는 대로 예정된 대로 일정이 진행되지 않아도 다 그 경험만큼의 가치가 있는 것이 여행이라는 말이다. 여행은 분명 어떤 식으로든 정반합의 진실을 확인시켜준다.

독일 여행 중에도 그런 일이 있었다. 뮌헨에 머물 때였는데 퓌센에 있는 노이슈반스타인성까지 두 시간이면 갈 수 있다고 해서 기차를 타고 길을 나섰다. 독일의 시골 풍경이 유리창 너머로 영화 속 한 장면처럼 지나갔다. 종일 기차만 타고 있어도 심심하지 않을 것 같은 아름다운 경치에 화창한 날씨까지 더해져 들뜬 마음으로 밖을 내다보는데 맥주 광고판 하나가 눈에 띄었다. 갈색 맥주병 레이블에 독일 전통복장을 한 소년 그림이 그려져 있는데, 병마개 모양이 특이했다. 그 순간 기차가 천천히 달렸던 것일까? 어떻게 순식간에 지나가는 광고판 속 맥주가 그리도 자세하게 눈에 들어왔는지 모르겠다. 이번 여행이 맥주 여행이라 예사롭지 않게 보였는지도 모른다.

그렇게 기분 좋게 가던 중 갑자기 안내 방송이 나왔다. 열차가 고장났으니 이번 역에 모두 내리라는 안내였다. 지금은 역 이름조차 기억나지 않고, 시골 마을의 아주 소박한 간이역이었던 것만 생각난다. 함께 기차를 타고 가던 승객이 모두 내려 의자조차

변변하지 않은 역사 안에서 서성여야 했다. 이런 일이 왕왕 있는 건지 아니면 어쩔 수 없어 받아들이는 건지 알 수는 없지만, 큰 소리로 소란을 피우거나 불평하는 사람은 없었다. 나야 여행자이니 역에서 기다리는 시간 자체도 여행의 일부처럼 느껴졌지만, 모두 평온하게 기다리는 모습이 인상적이었다.

역이 작기는 해도 식료품이나 잡지를 파는 가게가 있는 등 구색은 제법 갖추고 있었다. 기다리기가 무료해서 마실 걸 사러 들어갔는데 광고판에서 보았던 소년 맥주가 그 작디작은 가게 안 냉장고에 들어 있었다. 마치 나에게 "어서 와 이 역은 처음이지?"라고 말하는 것 같았다. 어찌나 반갑던지. 어떻게 이런 행운이…! 병맥주라 들고 다니기에 다소 무거웠지만, 뮌헨의 슈퍼마켓에서 판다는 보장도 없고, 먹어보고 싶은 마음도 간절해 다른 브랜드의 캔맥주 한 개와 각기 다른 레이블의 소년 맥주 두 병을 샀다. 목이 마르니 캔맥주는 단숨에 마시고 병맥주는 기차 안에서 마시기로 했다.

한 시간쯤 지나 기차가 도착했고 우리는 다시 퓌센을 향해 출발했다. 이젠 퓌센보다 소년 맥주의 맛이 더 궁금한 지경. 그래서 기차가 출발하고 얼마 지나지 않았을 때 병맥주 하나를 땄다. 입 안 가득 퍼지는 아로마가 목을 타고 넘어가며 내가 바로 독일 맥주라고 외치는 것만 같았다. 햇살이 창문을 뚫고 들어오는 기차에서 흔한 플라스틱 잔 하나 없이 병나발을 불며 마셨던 묵직하면서도 깊은 밀맥주의 맛을 나는 지금도 잊지 못한다. 열차 고장과 연착으로 노이슈반스타인성 안에는 결국 들어가지 못했지만, 소년 맥주를 만난 것으로 충분히 만족스러운 하루였다.

　나중에 한국에 돌아와서 인터넷으로 검색해보니 소년 맥주는 우리나라엔 아직 수입되지 않은 듯했다. 그러니 이 맥주를 먹고 싶다면 다시 독일을 가는 수밖에. 이름은 알고이어 뷔블베Allgäuer Büble로 이 맥주의 역사는 2천여 년 전 장크트갈렌 수도원에서 온 승려들이 상업적으로 양조를 시작한 것이 시초였다고 한다. 과거에는 병이 아닌 머그잔에 담겨 유통되다가 2003년에 지금과 같은 모양의 병을 만들었다고. 소년 맥주는 특이한 병뚜껑부터 동화적인 레이블에 훌륭한 맛과 전통까지 어느 한 가지 모자람도 없던 최고의 맥주였다. 이 글을 쓰면서 다시 입맛을 다시게 된다. 감각은 이렇게 힘이 세다.

옥토버페스트의 밤

*   다들 인정하겠지만 독일 하면 뭐니 뭐니 해도 맥주다. 그리고 맥주 하면 한때 우리나라의 수많은 생맥줏집 벽면을 장식하던, 엄청난 수의 사람들이 한 장소에 모여서 잔을 높이 들고 브라보를 외치는 대형 사진이 떠오른다. 맥주의 낭만을 알려주는 상징과도 같은 그 사진 속 장소가 바로 뮌헨의 호프브로이하우스다. 어쩌면 맥주 여행의 하이라이트가 될지도 모르겠다는 행복한 상상을 하며 우리는 사진으로만 보던 호프브로이하우스를 찾았다. 뮌헨역에서 지하철을 타고 마리엔 광장에 내려 조금 걸으니 어렵지 않게 찾을 수 있었다. 세계에서 가장 유명한 맥주홀이기도 한 이곳에 들어서니 북적거리는 사람들과 브라스밴드의 신나는 음악 소리에 정신이 혼미해졌다. 얼른 자리를 잡고 시원한 맥주부터 한잔해야겠단 생각이 절로 들었다.

이곳은 넓은 테이블에 좌석이 죽 놓여 있어서 기본적으로 다른 사람들과 합석을 할 수밖에 없다. 우리는 먼저 자리를 잡고 맥주를 마시고 있던 남녀와 간단하게 인사를 나눴다. 독일 전통 복장을 한 여직원이 들고 다니며 파는 대형 프레첼도 사서 나눠 먹고 1ℓ짜리 커다란 잔을 번쩍 들어 건배도 했다.

사실 2000년 가을에도 이곳에 왔지만, 일행 중 술을 못하는 친구가 있어 옥토버페스트가 열리는 기간이었는데도 앞문으로 들어왔다 뒷문으로 나간(?) 기억이 있다. 그래서인지 호프브로

이하우스 문을 열고 들어서면서부터 나의 흥분지수는 이미 최고치에 달해 있었다. 그 넓은 홀을 가득 메운 사람들이 너도나도 우리보고 옆에 앉으라며 자리를 내주니 더욱 신이 났다. 20여 년 전, 눈은 웃지만 마음으로는 울며 구경만 했던 맥주를 드디어 맛보게 된 것! 만약 2000년에 이곳에 왔을 때 자리를 잡고 앉았다면 지금의 독일 맥주 여행이 성사될 수 있었을까. 여행과 삶은 우연과 변수로 가득한 신비한 영역이다.

옥토버페스트는 매년 9월 말부터 10월 초까지 2주 동안 뮌헨에서 열린다. 1810년 10월 독일 바이에른의 왕자 루트비히 1세와 작센의 테레제 공주의 결혼을 축하하는 경마 경기가 열렸는데, 워낙 시민들의 반응이 뜨거워 이듬해 같은 날 또다시 경마 경기를 연 것이 옥토버페스트의 시초라고 한다.

세계 각지에서 찾아온 여행자들과 금방 술친구가 되기도 하고, 흥겨운 음악과 넘치는 춤사위가 어우러져 세상의 모든 시름을 잊게 해주는 옥토버페스트. 이미 100살이 훌쩍 넘은 이곳 호프브로이하우스에서 나는 남편과 함께하는 맥주 여행의 백미를 장식하고 있었다.

아우구스티너 브로이

낯술의 성지

* 　　　　　내가 유럽을 여행할 때 주로 이용하는 교통수단은 기차나 버스다. 국경 간 나라들은 이동이 수월해 삼면이 바다인 우리와 비교하면 국외 여행이 무척이나 편리하다.

기차의 장점은 비교적 정확한 시간에 저렴한 비용으로 원하는 곳으로 이동할 수 있다는 것이다. 그래서 나는 유럽을 여행할 때면 효용성이 높은 기차를 가장 선호한다. 유럽 기차 여행에서 필수적인 건 유레일패스다. 유레일패스는 선택한 지역을 정해진 기한 내에 쓸 수 있는 티켓으로 구간별로 따로 표를 사는 것보다 가격 면에서 유리하다. 유레일패스는 사용 국가와 사용 기간을 기준으로 몇 가지로 나뉜다.

국가별로 구분하면, 원컨트리 패스는 한 국가를 선택하여 그 나라 안에서 열차를 무제한으로 이용할 수 있는 티켓이고, 글로벌 패스는 정해진 기한 내에 유럽의 33개국 열차를 무제한으로 이용할 수 있는 티켓이다. 사용 기간에 따라서는 연속 패스와 플렉시 패스로 나눌 수 있다. 연속 패스는 패스를 개시하는 날부터 정해진 날짜까지 무제한으로 이용할 수 있고, 플렉시 패스는 개시하는 날부터 정해진 날짜까지 횟수가 제한되어 있어 여행 코스에 따라 선택적으로 사용할 수 있다. 당연히 비용 역시 연속 패스보다 저렴하다. 그러니 자주 움직일 예정이라면 연속 패스가 편하고, 여행 기한 내에 이동할 횟수가 많지 않다면 플렉시 패스를 사용하는 게 합리적이다.

이번에 우리가 준비한 유레일패스는 플렉시 패스로 11일 동안 7일을 선택해서 사용할 수 있었다. 이미 6장의 패스를 사용해 한 장이 남았는데, 원래 계획대로라면 뮌헨에서 마지막 관광을 하고 한국으로 돌아가는 비행기를 타야 했다. 하지만 여행 도중 가보고 싶은 양조장을 발견한 우리는 뮌헨 관광을 포기하고 지체 없이 목적지를 오스트리아 잘츠부르크로 변경했다.

우리는 아침 일찍 호텔을 나와 잘츠부르크행 기차를 탔다. 숙소가 중앙역에서 멀지 않은 데다 잘츠부르크까지 가는 데 두 시간밖에 걸리지 않아 오전에 갔다 오후에 돌아오는 당일치기 여행이 가능했다. 더구나 유레일패스 덕분에 원래 계획보다 한 나라를 추가해 맥주 여행을 이어가게 되었으니 더 내실 있는 여행을 하게 된 셈이었다. 현지의 다양한 풍물을 돌아보기보다는 맥줏집만 찾아다녀 조금 더 간단하긴 했지만, 이렇게 짧은 기간에 여러 나라의 생맥주를 맛볼 수 있었다는 것이 지금도 믿기지 않는다.

일찍 출발한 덕분에 잘츠부르크에 도착했을 때도 여전히 이른 오전이었다. 아직 맥줏집들이 문을 열기 전이라 우리는 중앙역 근처의 식료품점에서 산 과일을 먹으며 모차르트 생가를 향해 걷기 시작했다. 잘츠부르크 역시 이미 두 번이나 방문했지만 올 때마다 마음이 설렌다. 다음 날이면 한국으로 돌아가야 했기

에 우리는 도시의 풍경 하나하나를 더 천천히 눈에 담았다. 특히 올드타운을 걸으며 상점에 걸린 아기자기한 간판들을 주의 깊게 보았다.

잘츠부르크의 게트라이데 거리Getreidegasse는 간판을 벤치마킹하기 위해 일부러 방문하는 사람이 있을 정도로 유명한 곳이다. 잘츠부르크시는 올드타운의 풍경을 보존하기 위해 모든 간판을 1층에만 설치하게 하고 예술적인 가치가 있는 문양 간판만 2층까지 허용하는 등 건축과 광고를 엄격하게 규제하고 있었다. 간판 역시 장인에 의해 만들어지고 재질과 형태 면에서도 예술적 가치를 인정받아야 내걸 수 있었다. 장인의 손에서 탄생한 아담한 수제 철제 간판이 모여 거리의 작품이 되고 그 간판을 보기 위해 사람들이 모여든다니 놀라운 일이다. 거리 상점의 간판 하나도 예술품 수준으로 끌어올리는 유럽의 감각이 돋보이는 장면이었다.

물론 도심에 있는 모차르트의 노란색 생가도 사람들을 끌어모으는 데 큰 몫을 한다. 세계에서 가장 아름다운 맥도날드 간판도 이곳에 있다. 뭐든 '세계에서 가장'이라는 말은 여행자의 발걸음을 부르는 강력한 무기가 아닐까 싶다.

거리를 메운 사람들 틈에 끼어 이리저리 다니다 맥줏집에서 늦은 점심을 먹기로 하고 아우구스티너 브로이Augustiner brau를 찾아 나섰다. 잘츠부르크 올드타운에서 아우구스티너 브로이까지는 한 시간은 족히 걸은 것 같았다. 구글에서 40분이면 된다고 해서 슬슬 구경하며 걷자고 했는데, 강가를 따라 아무리 걸어도 양조장은 나타나지 않았다. 남편은 겹쳐 입었던 셔츠를 하나하나 벗어 허리에 매더니 나중엔 민소매 티셔츠 하나만 입고도 더워 어쩔 줄 몰라 했다. 그해 유럽의 더위는 가히 살인적이었는데 그 폭염 속을 얼마나 걸었던지…. 드디어 양조장이 저 멀리에 보이자 오아시스를 찾은 것처럼 반가웠다.

올드타운에서 벗어나서인지 커다란 건물 위에 규격 외의 간판

이 달려 있었다. 와 신난다! 찾았다! 그런데 양조장 앞에는 사람
들이 없고 작은 문만 하나 열려 있었다. 안으로 들어가니 곧바로
양조실이 나왔는데 거기에도 동으로 만들어진 커다란 양조용
통만 있을 뿐 여전히 사람은 보이지 않았다. 쉽게 볼 수 없는 양
조용 통이 신기해서 한참 사진을 찍으며 사람들이 나타나기를
기다리는데, 직원으로 보이는 한 사람이 나오더니 여기는 공장
이고 맥주를 마실 수 있는 곳은 옆집이라고 알려주었다. 잘못 찾
아 들어간 덕분에 생각지 않게 맥주 공장 내부를 견학한 셈.

옆집이라 했으니 쉽게 찾을 수 있겠지. 간판이 보여서 가봤더니 입구는 일반 가정집 철제문처럼 평범했다. 그런데 그때 시간이 오후 2시가 채 안 되었는데 오픈은 3시부터라는 것이다. 아이고, 오스트리아 생맥주 맛보기 참 어렵구나. 더운 날씨에 문 앞에서 쭈그린 채 한 시간 이상 기다릴 수는 없는 노릇. 건너편을 살피니 작은 카페가 보이길래 그곳에서 술집 문이 열리기를 기다리기로 했다. 술집 문이 열리기를 기다리는 동안 와인을 시켜 또 낮술을 마시는 상당히 부조리한(?) 현상을 우리는 즐겁게 받아들였다.

한낮이라 시원한 화이트와인을 주문했는데 은쟁반에 와인잔과 화이트와인이 들어 있는 작은 주전자jar 그리고 물 한 컵을 준다. 와인 한잔을 시켜도 이렇게 예쁘게 세팅해 내어주니 맥줏집 문 열기를 기다리는 마음보다 이 카페에서의 시간을 즐기자는 마음이 커졌다. 역시 여행에서는 버리는 시간 같은 건 없구나. 그렇게 카페에 앉아 와인을 즐기며 무심코 양조장 쪽을 보니 2시가 조금 넘었을 뿐인데 사람들이 바글바글 모여들고 있었다. 아무런 정보가 없었던 우리는 "이제 가야 하나? 일단 가서 줄을 설까? 줄을 설 만큼 맛있나?" 하며 시원하고 편한 카페를 박차고 일어나 맥줏집 앞에 늘어선 줄에 합류했다. 시간을 보니 2시 30분. 아니 낮술 먹으려는 사람이 이렇게 많다고?

3시 정각이 되자 안에서 철커덕 하는 소리가 들리더니 철제문이 열렸다. 사람들은 마치 행사 중인 마트 앞에 모여 있다가 한꺼번에 쏟아져 들어가듯 안으로 뛰어 들어갔다. 양조장에서 뭘 어떻게 해야 하는지 모르는 우리는 일단 자리부터 잡은 다음 찬찬히 사람들이 하는 걸 지켜보기로 했다. 들어가보니 넓은 마당이 나왔다. 마당에 심겨 있는 나무들 사이사이로 의자와 탁자가 놓여 있는데, 주문을 받으러 사람이 오는 것 같지는 않았다. 남편이 자리를 지키는 동안 내가 주변을 둘러보며 주문하는 방법을 알아보았다. 역시 혼자보다는 둘이 좋구나.

맥주는 1ℓ와 500㎖ 두 종류로, 돈을 지불한 영수증을 가지고 양조장 안으로 들어가야 받을 수 있었다. 양조장 안으로 들어가니 맥주컵 진열장에 도자기로 만든 생맥주잔이 줄지어 놓여 있었다. 다 같은 색에 모양도 같지만, 원하는 잔을 꺼내 수돗가로 가 잔을 깨끗하게 헹구어 맥주를 따라주는 곳에 가서 영수증을 내밀면 잔 가득 맥주를 담아주는 것이었다. 도자기 잔만도 무거운데 맥주까지 1ℓ씩 담기니 잔 두 개를 드는 게 상당히 힘들었다. 하지만 재미있고 신기한 마음이 앞서 나도 모르게 힘이 솟아났다. 일단 술을 받아왔으니 이번에는 안주 차례.

안주도 손님이 푸드코트 같은 곳에 직접 가서 계산한 다음 받아오는 방식이었다. 나무들이 우거진 마당 한쪽에 안주를 파는

부스가 보였다. 그릴이 있는 곳에서 고기와 소시지, 통닭, 해산물 등을 조리해 팔았고 건물 안쪽에는 샐러드와 독일식 오이 짠지, 빵 등이 준비되어 있어 취향대로 고를 수 있었다.

맥주와 안주를 사왔으니 이제 맛을 봐야지. 공장도 살짝 보고 온 터라 맛이 더욱 궁금했다. 입안에서 맥주를 음미해보니 벨기에의 진하면서도 달달한 향의 도수 높은 맥주와 강직한 독일 맥주의 중간쯤 되는 맛이었다. 시원한 나무그늘 아래서 오후 4시도 안 된 시간에 북적이는 사람들과 함께 먹는 가장 신선한 오스트리아 맥주! 마시면 마실수록 맛이 끝내줬다. 개인적으로는 기대가 컸던 뮌헨의 호프브로이하우스보다 더 높은 평점을 주고 싶었다. 맥주 맛뿐 아니라 장소의 운치와 분위기도, 안주로 먹은 통닭과 오이 짠지도 모두 만점을 주고 싶었다.

한곳에서 400년 넘게 그들만의 비법으로 빚어온 맥주 맛은 과연 뛰어난 수준에 도달해 있었다. 낮술의 성지가 있다면 바로 여기가 아닐까.

뮌헨
25아워 호텔 더 로열 바바리언의
혼탕 사우나

나는 해외여행 시 현지 대중교통을 이용하는 걸 선호하기 때문에 숙소를 결정할 때 기차역 접근성을 제일 중요하게 생각한다. 그래서 역 가까운 곳에 숙소를 정할 때가 많다. 특히 우리의 맥주 여행은 뮌헨에서 끝날 예정이라 좀 더 특별한 콘셉트의 호텔을 찾고 있었는데 마침 내 맘에 쏙 들어온 부티크 호텔이 있었다. 바로 25아워 호텔 더 로열 바바리언25hours Hotel The Royal Bavarian이다.

25아워 호텔 그룹은 독일을 중심으로 하는 4성급 부티크 호텔 체인으로 독특한 인테리어를 자랑한다. 인스타그램 업로드용 장소로 현지인들에게 인기 있는 호텔이다. 뮌헨의 중앙역에서 우측으로 한 블록 정도 떨어진 곳에 위치해 다소 번잡한 느낌을 주기는 하지만 호텔 안으로 들어서면 별천지가 펼쳐진다. 호텔 규모는 크지 않지만 작은 현관 앞에 위치한 엘리베이터부터 호텔 곳곳을 치장하고 있는 알록달록한 색들로 이국의 느낌을 물씬 풍긴다.

열쇠를 받아들고 방으로 가보니 여느 호텔 룸에 비해 조명이 어두운 편이었고, 아기자기한 소품들이 마치 전시장의 작품들처럼 곳곳에 놓여 있었다. 전화기와 옷걸이 등 무엇 하나 특이하지 않은 것이 없었다. 여기서 2박을 할 수 있다니 벌써부터 마음이 뿌듯했다. 간단한 식료품을 살 수 있는 슈퍼마켓도 가깝고 음식점도 많다는 것이 이 호텔의 장점 가운데 하나였다.

마지막 날 예정에 없던 잘츠부르크를 다녀온 뒤 호텔에 들어서다가 그동안 자세히 살펴보지 않았던 엘리베이터 앞 안내판에서 Sauna라는 단어를 발견했다. 우리는 동시에 환호성을 질렀고, 객실에 짐을 갖다놓고 당장 사우나부터 가기로 했다.

방에 올라가 짐을 풀고 프론트데스크로 내려와 사우나를 이용하고 싶다고 말했다. 직원은 둘 다 사용할 건지 묻더니 권투선수 샌드백처럼 생긴 커다란 가방 두 개를 건네주었다. 일본 온천에서 간단한 세면도구가 들어 있는 작은 파우치는 받아보았어도 이렇게 커다란 가방은 처음이다. 방으로 돌아와서 가방 안을 보니 성인용 목욕 가운과 슬리퍼, 수건 등이 들어 있었다.

각자 가방을 메고 사우나가 있는 층으로 올라가 표시를 따라가니 아주 작은 글씨의 안내판이 달린 사우나가 나왔다. 그런데 어라, 여자 남자 구분 없이 방이 하나다. 주변을 아무리 둘러보아도 사우나라고 표시되어 있는 방은 하나뿐이었다. 문을 열면 남녀 탕을 구분 짓는 다른 문이 나올까 싶어 살짝 용기를 내어 열어보니 바로 욕실이다. 독일은 목욕탕 가기도 힘들구나….

다시 프론트데스크로 내려와 직원에게 남녀 사우나 구분이 없는데 어떻게 이용하는지 물어보니 독일의 전통 방식인 혼탕이라는 답변이 돌아왔다. 남녀가 함께 이용하는 욕실이니 같이 들어가면 된다고 한번 이용해보란다. 혼탕이라니…. 일본 온천에 혼탕이 있다는 건 알았지만 독일에도 있는 줄은 미처 몰랐다.

친절하게 설명해준 직원에게 감사 인사를 남기고 다시 방으로 들어왔다. 난 선언했다. "난 못 가겠어. 부끄러워서 어떻게 혼탕을 들어가…. 그냥 방에서 샤워하고 잘래." 그러곤 침대에 누우니 남편이 살살 나를 달랬다. "한번 가보자. 난 어떻게 생겼는지 궁금한데…."

그렇게 궁금하면 혼자 다녀오라고 했더니 혼자는 안 가겠단다. 그렇겠지. 아무리 궁금해도 어떻게 혼자 독일 혼탕에 가겠어. 그렇게 가니 안 가니 옥신각신하는 사이 한 시간이 훌쩍 지났다. 내일이면 한국으로 돌아가야 하고 사우나 이용 시간까지는 한 시간 남짓 남았다. 그래, 남편이 궁금하다는데 가주자. 우리 부부는 커다란 가방을 둘러메고 방을 나섰다.

다시 엘리베이터를 타고 사우나로 올라가 용기를 내서 문을 빼꼼 열어보니 다행히 아무도 없었다. 안으로 들어가 두리번두리번 둘러보아도 어떻게 이용해야 하는지 알 수 없어서 난감해하고 있는데 여자 직원이 들어왔다. 직원은 우리에게 이곳을 처음 방문했는지, 이용법을 설명해주어도 괜찮은지 정중히 묻더니 탈의실 사용법과 족욕과 사우나 이용법, 족욕을 하며 준비된 차도 마실 수 있다는 것 등을 자세히 알려주었다. 독일인들은 불친절하다는 말은 누가 한 걸까. 어찌나 친절하고 다정한지 덕분에 마음이 편해지고 용기가 생겼다.

목욕 가운을 입고 있다 사우나에서 충분히 땀을 내고는 샤워할 때 남편보고 뒤돌아 망을 보라고 해야지. 어떤 상황이든 긍정적으로 생각하면 행복해지기 마련. 방에서는 절대 안 가겠다고 버텼는데 예쁘게 꾸며진 사우나에 와서는 남편보다 더 신이 나서 차도 만들어 마시고 나무통에 물을 받아 족욕도 했다. 종일 걸어다니느라 쌓인 피로가 한순간에 풀리는 것 같았다.

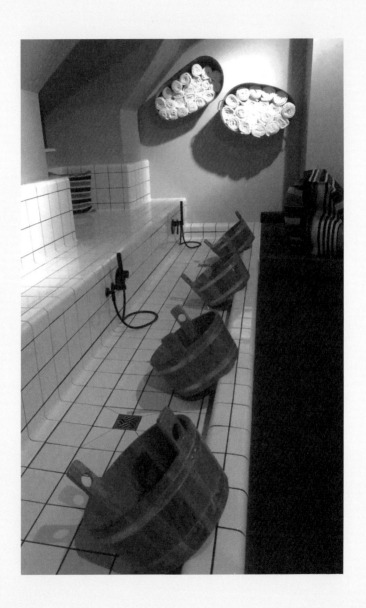

그렇게 각각 나무통에 발 담그고 차를 마시다 남편은 사우나실에 들어가고 나는 계속 족욕을 하는데 누가 문을 빼꼼히 열었다. 마침 내가 앉아 있던 자리가 문 정면을 바라보는 방향이라 단번에 그 사람과 눈이 마주쳤다. 40대 정도로 보이는 백인 남자였는데 그도 나만큼이나 놀라면서 서둘러 문을 닫았다. 그 사람도 남녀 구분 없는 독일 혼탕은 처음이었나 보다. 먼저 경험한 자의 여유라고나 할까. 처음 저 문을 열었을 때는 들어올 엄두를 못 내던 내가 놀라서 문을 닫는 남자를 보며 재밌어하다니. 마감 시간이 얼마 남지 않아서인지 그 뒤로는 들어오는 사람이 없어 무사히 혼탕을 즐길 수 있었다.

　그날 이후 여행 중 해볼까 말까 고민되는 일이 생기면 무조건 한다. 안 하면 반드시 후회한다는 것을, 아니 후회한다 해도 해보고 후회하는 것이 더 낫다는 걸 알았기 때문이다.

2

여행 ———— 일본

에키벤과 료칸

즉흥 여행

만찢남편과의

*　　　　　2012년 어느 날, 집에서 만화책을 읽고 있던 남편이 사무실에 있는 나에게 갑자기 전화를 했다. "우리 일본에 도시락 여행 갈래?" 여행을 가자고 하는 것은 언제나 나였다. 늘 내가 가자는 대로 따라만 다니던 사람이 처음으로 먼저 여행을 제안하는 기적 같은 일이 일어났으니 마다할 이유가 없었다. 나는 도시락 여행이 뭔지 묻지도 않고 무조건 가자고 대답했다.

그런데 남편 말이 다음 날 아침에 당장 가자는 것이다. 오호, 이거 구미가 당기는걸…. 여행사 다니는 아내를 너무 믿는 건 아닌지. 동네 마실도 아니고 일본 여행을 즉흥적으로 결정하고 다음 날 아침 떠나자는 남편이나, 묻지도 따지지도 않고 바로 항공편과 숙소를 예약하는 아내나 일반적이지 않기는 매한가지였다. 나는 왕복 항공권과 규슈 레일패스 5일권(규슈 전 구간 연속 5일권), 그리고 도착 당일 머무를 호텔만 서둘러 예약했다. 번갯불에 콩을 굽는 격이었다.

퇴근길 서점에 들러 규슈 여행 책자 한 권을 사들고 집에 들어오니 남편은 벌써 작은 배낭 두 개와 옷 몇 벌을 꺼내놓고 있었다. 수백 번 넘게 여행을 다니면서도 매번 어렵게 느껴지는 게 바로 짐 싸기다. 난 잠을 설치며 짐을 싸고 풀기를 반복했다. 남편의 단호한 지침이 있었기 때문이다. 카메라는 놓고 갈 것! 흠…. 무거운 DSLR에 서브 카메라 그리고 핸드폰까지 주렁주렁 매달고 다니며 사진을 찍던 나에게 내려진 첫 번째 엄명이었다. 핸드폰 하나로 모든 기록을 남긴다는 마음을 가지란다. 아니 안 남겨도 상관없단다. 짐은 아이들 책가방만 한 작은 배낭 하나에 간단한 속옷과 옷가지만 챙길 것! 하아 무슨 이런 여행이… 늘 끌고 다니는 짐이 고역이긴 했으니 이번에는 남편 말대로 해보지 뭐.

일본의 도시락 여행, 즉 에키벤은 에키(역驛)와 벤(벤토, 즉 도시락)의 합성어로, 에키무리벤토(역에서 파는 도시락)의 줄임말이다. 일본은 전국 기차역에서 그 고장 특산물로 만든 특색 있는 도시락을 만들어 파는데, 매년 전국 에키벤 경연대회가 열릴 만큼 그 열기가 뜨겁다. 에키벤을 주제로 한 사쿠라이 칸의 만화 『에키벤』도 나와 있는데, 1권이 규슈 편이다. 남편은 겨우 그 한 권을 읽고 즉흥적으로 배낭여행을 감행한 것이다. 아, 이리 단순할 수가 있나(그때 남편은 한 기업의 외식사업본부에서 일하고 있었는데 KTX의 도시락을 연구하느라 『에키벤』을 읽은 것이었다. 그럼 그렇지. 역시나 늘 머릿속이 일로 가득한 그다운 발상이었다).

그러나 여행 계획이 단순할수록 현장에서 체험하는 감동은 큰 법이다. 큰 기대 없이 작은 목표만 충족되면 되니까.

어 요리 벤토
현해탄 치라시 스시와

*   남편은 『에키벤』, 나는 『규슈 JUST GO』를 들
고 후쿠오카공항에 도착했다. 후쿠오카공항은 규모가 그다지
크지 않고 한국인이 많이 찾는 공항이라 한국어 안내판도 잘 마
련되어 있다. 일단 기차를 타려면 후쿠오카공항에서 하카타역
까지 가야 한다. 하카타역은 예전에 나의 절친이자 시누이인 루
시아(세례명)와 유후인 온천에 갔을 때 이용해본 터라 낯설지 않
았다. 먼저 하카타역의 명물 빵집 일 포노 델 미뇽에 들러 미니
크루아상을 사 먹고 여행을 시작하기로 했다. 간단히 시장기를
달랜 남편과 나는 에키벤토라는 도시락 가게에 들러 이번 여행
의 첫 번째 에키벤을 골랐다. 남편은 '어요리', 나는 '현해탄 치라
시 스시' 도시락을 구입한 뒤 기차에 올랐다.

　어요리는 흰쌀밥에 검은깨와 삭히지 않은 매실을 올리고 한
쪽에 어묵, 토란과 연근, 죽순 등을 정갈하게 담은 도시락이다.
반찬의 배색에도 신경을 쓴 듯 예쁜 노란색 달걀말이와 주황색
삶은 당근, 녹색 다시마와 해파리무침, 유부조림이 도시락을 색
색으로 물들이고 있었다. 여기에 영양을 고려한 듯 연어구이와
청포묵, 마샐러드, 채소고로케까지 들어 있었다. 후식으로 핑크
빛 모찌를 넣은 센스도 돋보였다.

　내가 고른 현해탄 치라시 스시는 아주 먹음직스러웠다. 실제
로 이 녀석을 한입 먹어보고 일본의 도시락은 이런 거구나, 하는

느낌이 왔다. 밥은 냉장고에 보관되어 있었는데도 전혀 딱딱하지 않았다. 신기하네. 이것 또한 비법이겠지? 달걀 지단은 가늘게 채 썰어 얹었는데, 그 옆에 하얀색 게살을 발라 넣어 밥과 함께 먹는 식감이 퍽 잘 어울렸다. 식초에 절인 붉은새우 세 마리가 올려진 밥도 무척이나 맛있었다. 살짝 데쳐 식초와 소금으로 간을 한 것 같은데 달걀 고명과 함께 한입에 넣으니 환상의 궁합이었다.

간장에 조려 달착지근한 맛을 내는 표고버섯과 단추처럼 생긴 연근 맛 반찬도 포함되어 있었다. 여기에 작은 팩 안에 든 크림색 마요네즈를 게살 위에 뿌려 먹게 되어 있었는데, 마치 아이들이 크레파스로 그린 그림 같은 도시락이었다.

첫 번째 도시락을 맛보며 이리저리 연구하는 동안 기차가 벳푸에 도착했다. 유후인, 구로카와 등 당시에 한창 떠오르던 신흥 온천들로 사람들이 몰려서인지 벳푸 거리는 상대적으로 한산했다. 우리는 사전 예약한 료칸에 체크인을 하고 저녁을 먹으러 나갔다. 아침, 점심을 모두 도시락으로 먹어서 저녁은 숙소 직원의 조언을 받아 벳푸 시내에 있는 고깃집 '지하라'로 갔다. 우리는 마블링이 근사한 소고기와 입안에 들어가면 바로 아이스크림처럼 녹아버리는 대창구이를 사이드 메뉴도 없이 허겁지겁 구워 먹었다. 사실 낮에 먹은 도시락도 대충 만든 도시락이 아닌 만큼 든든했

지만, 첫날이니 고기로 몸을 단련시키고 싶었다. 단 하루 일정만 정해서 온 터라 마음이 바빴다.

　숙소로 돌아오니 다다미에 깔린 푹신한 이불이 우릴 반겼다. 불과 하루 만에 이것저것 알아보고 예약한 뒤 비행기, 기차와 버스 그리고 택시까지 모두 타본 하루가 이렇게 지나가고 있었다.

유후인의 숲

＊　　　　　　　푹 자고 일어나 약속된 시간에 식당에 내려가니 단출하면서도 정갈한 아침상이 준비되어 있었다. 된장국에 두부조림, 생선구이 한 토막과 달달한 달걀말이가 흰밥과 함께.

식사 후에는 유후인에 갈 계획이었다. 유후인에서 꼭 사야 할 에키벤이 있었기 때문이다. 우리는 벳푸에서 한 시간 정도 기차를 달려 아름다운 유후인 마을에 도착했다. 비가 부슬부슬 내려, 라커에 배낭을 보관한 후 우산을 들고 시내로 나섰다.

몇 년 전 친구와 함께 왔던 유후인을 남편과 다시 오니 또다른 감흥이 밀려왔다. 우리는 천천히 긴린코 호수를 돌아본 뒤 전국 고로케 대회에서 금상을 수상해 이름도 똑같이 지어진 금상고로케를 사 먹었는데 이름만큼이나 맛이 뛰어났다. 비 내리는 날의 샤갈미술관도 근사했다. 아름다운 곳을 다니니 비가 와도 전혀 힘들지 않았다. 역시 인간은 좋아하는 일에는 무한대의 관대함을 품게 되나보다.

짧은 유후인 관광 뒤 우리는 유후인 노모리(유후인의 숲) 특급 기차를 타러 갔다. 그 기차에서만 한정 판매하는 유후인의 숲 도시락을 먹기 위해서였다. 그 기차를 타야만 먹을 수 있다는 제약이 묘하게도 욕망을 자극해 맛을 떠나 반드시 먹어보고야 말겠다는 도전 의식을 불러일으켰다.

유후인에서 생산되는 쌀과 채소로 만드는 유후인의 숲 도시락은 포장지에서부터 건강한 맛이 느껴졌다. 잘 지어진 흰밥에 돼지고기 편육과 달걀말이, 곤약조림, 죽순, 고사리, 양배추볶음, 당근, 가츠오부시, 절인 고추와 단호박, 소고기 장조림, 감자고로케, 고구마탕, 각종 콩, 단무지, 멸치볶음이 조금씩 담겨 있고 후식으로는 역시나 모찌가 담겨 있었다.

맛은 좀 심심한 편이었다. 입맛을 자극하는 조미료나 향신료보다는 채소 본연의 맛이 느껴지는 자연의 맛 정도라고 할까. 남편은 도시락의 맛을 음미하며 사진을 찍더니 심지어 다 먹은 도시락을 씻어 챙기기까지 했다. 도시락의 모양과 구성을 좀 더 면밀히 연구할 모양이었다.

유후인의 숲 도시락과 함께 야끼사바(구운 고등어) 도시락도 먹었다. 구운 고등어가 식으면 비리지 않을까? 이걸 어떻게 도시락에 넣을까, 라는 편견은 버리시길. 전혀 비리지 않다. 밥은 간장으로 양념되어 있고 상추와 생강이 곁들여져 있었는데 고등어 속살이 무척 담백하고 부드러웠다.

우리는 유후인에서 기차로 30분 정도 걸리는 곳에 있는 오이타역에 도착해 분도 고등어 초밥도 맛보았다. 이 초밥은 오이타 근교인 사가노세키반도와 에히메현 사타곶 사이에 있는 호요해

협에서 잡히는 고등어를 사용하여 만드는데, 조류가 빨라 여기서 자란 고등어는 유독 살이 단단하고 지방이 많아 더 맛있다고 한다. 도시락 가장 바깥쪽은 말린 바나나잎으로 포장되어 있고, 포장을 풀면 다시마로 절인 고등어가 쌀밥을 품고 있다. 조리를 잘못하면 비리기로 유명한 고등어로 도시락을 만들다니 얼마나 자신 있으면 그랬을까. 비린내를 잡아내는 기술이 수많은 에키벤 속에서 살아남을 수 있었던 비법이겠지. 그 비법으로 만든 도시락답게 고등어 초밥은 탱글한 쌀밥과 다시마의 건강한 조합이 어우러지면서 입안 가득 깊은 풍미를 냈다. 식감도 맛도 모두 잡은 특별한 한 끼였다.

이렇게 규슈 곳곳의 기차역을 돌며 역 안에서 파는 도시락으로만 식사를 해도 상당히 만족스러운 여행 상품이 아닐 수 없다는 생각이 들었다. 규슈 각 지역에서 나는 가장 유명한 식재료로 만든 음식들이니. 물론 따끈한 국물을 좋아하는 분들은 다소 아쉽다고 느낄 수도 있지만.

신칸센 도시락과
은어 삼대 도시락

*   이번에는 오이타에서 하카타로 가서 가고시마로 향하는 신칸센을 탔다.

가고시마로 가는 신칸센 객차에서 판매하는 규슈 신칸센 도시락은 포장이 정말 예뻤다. 흰밥과 매실, 달걀지단, 날치알, 표고버섯조림, 간장 초밥에 시금치와 돼지고기, 채소고로케, 각종 콩종류, 멸치볶음, 죽순과 당근조림, 빠질 수 없는 달걀말이, 고등어구이, 곤약, 가지볶음, 으깬 감자에 깻잎말이, 고기 딤섬, 채소피클, 햄버거 스테이크까지 반찬 종류가 무척이나 다양했지만 내 입맛에는 그다지 맞지 않았다.

신칸센이 빠르긴 하다. 우리는 어느새 도착한 가고시마 중앙역에서 흑돼지 돈코츠 벤토를 사 들고 묵을 호텔을 검색했다. 오늘은 호텔에서 도시락을 먹을 예정이었다. 돈코츠 도시락은 흑돼지로 유명한 가고시마의 명물이다. 가고시마산 흑돼지 삼겹살을 소주와 된장, 흑설탕에 다섯 시간 이상 졸인 덕에 음식이 식어도 전혀 느끼하지 않고, 고기가 연하고 부드러웠다. 밥 위에 떡하니 올라가 있는 돼지고기가 보기에는 살짝 부담스러웠지만, 한입 먹어보니 식감이 매우 뛰어났다. 거기에 곤약과 당근, 생강채 등이 어우러져 맛있는 한 끼 식사로 부족함이 없었다. 그다지 요란하지 않으면서도 실속 있고 영양가 있고 맛있고 값까지 착한 이 녀석

이 진정한 챔피언이었다고나 할까?

활화산이 있는 가고시마는 모래찜질이 유명하다. 바닷가 모래 사장에 구덩이를 만들고 사람이 차렷 자세로 들어가 누우면 삽으로 모래를 퍼 몸 위를 덮어준다. 따끈한 모래에 때로 경도 화상을 입기도 하지만, 그 땅의 기운이 온천을 하는 것만큼이나 인체에 이로워 가고시마에 오면 모래찜질은 한번씩 경험한다고 한다. 우리는 가고시마에서 하룻밤 묵기로 한 터라 시간을 내어 모래찜질에 도전했다.

인체라는 게 얼마나 신비로운지 같은 모래가 몸에 닿는데도 신체 부위별로 느끼는 온도가 다르다. 많이 쓰는 손은 뜨거움을 덜 느끼고 상대적으로 종아리는 더 뜨겁게 느껴진다. 살면서 땅에 묻히는 일은 모래찜질이 아니면 관에 들어가는 일밖에 없지 않을까? 그래서인지 모래 속에 들어가 있으니 기분이 묘해진다. 느껴지는 것이라고는 철썩거리는 파도 소리와 코끝에 닿는 바람이 전부인 가운데 나는 모래 속에 온전히 몸을 맡겼다. 그리고 눈을 감고 가만히 땅의 기운을 느껴보았다.

가고시마의 맛있는 라면집까지 섭렵한 우리의 다음 목적지는 구마모토였다. 가고시마에서 구마모토로 가는 도중 들른 신야츠시로역에서는 은어삼대 도시락을 샀다. 2004년 3월 규슈 신칸센 개통 기념으로 만들어진, 창업 110년의 역사를 자랑하는 은어

전문점의 3대째 주인이 만들어서 이름 붙여진 은어삼대 도시락은 규슈 기차역 도시락 중 랭킹 넘버원이다.

뚜껑을 열어보니 은어의 자태가 고혹스럽다. 윤기가 흐르는 통은어 아래에는 볶음밥과 매실, 달걀말이, 표고버섯, 생강, 연근, 느타리버섯과 죽순이 놓여 있다. 이 녀석을 만나기 위해 무작정 신야츠시로역에 내린 우리는 도시락부터 구입한 뒤 기차 시간표를 살폈다. 구마모토로 가려면 한 시간은 족히 기다려야 했지만 명성이 자자한 은어삼대 도시락을 손에 들었으니 그 정도 불편함은 얼마든지 감수할 수 있었다.

그렇게 기차역 도시락 여행을 마무리하고 우리는 구마모토에 도착했다. 구마모토에서도 하루 묵기로 했지만 예약을 안 한 탓에 비가 부슬부슬 내리는 구마모토역에서 호텔을 찾고 있는데

나이가 좀 있어 보이는 한 남자가 숙소를 찾느냐며 말을 걸어왔다. 일본어를 하는 남편이 그렇다고 하자 민박이 있는데 같이 가보겠냐고 했다. 민박? 재밌겠는데!! 도보로 갈 수 있는 곳이 아니어서 그 남자의 차를 탔는데 한 20분쯤 지났을까. 남자가 우리를 작은 집 앞에 내려주었다. 어두운 옛날식 목조집이었다.

집 안에 들어가니 나이가 지긋한 어르신 두 분이 앉아 있었다. 집주인은 같이 올라갈 생각도 하지 않고, 우리한테 위로 올라가 방을 살펴보라고 했다. 삐걱거리는 나무계단을 올라 위층에 가보니 아담한 방이 하나 있는데 사방에 살림살이가 쌓여 있는 게 무척 어수선하고 지저분했다. 계단을 올라가면서 이 집에서는 도저히 못 잘 것 같다는 생각을 했는데, 방도 깨끗하지 않고 결정적으로 다다미 위로 바퀴벌레가 지나가는 것을 보고야 말았다. 정작 주인은 우리가 묵든 말든 관심이 없어 보였다. 무슨 이런 일이 있나. 내가 〈센과 치히로의 행방불명〉 속 주인공도 아니고, 아무리 새로운 경험을 좋아한다지만 이 집에는 묵을 마음이 들지 않았다. 우리는 정중하게 죄송하다고 인사한 다음 밖으로 나왔다.

비는 내리는데 우산을 펼 기운도 없었다. 여행 막바지에 속된 말로 역에서 삐끼를 만나다니. 어렵사리 호텔을 예약하고 방으로 들어온 후에도 그 계단이 자꾸 생각났다. 일본인은 다 깔끔하다고 생각했던 편견이 깨지는 순간이었다.

호텔에 짐을 간단하게 풀고 구마모토에서 유명하다는 말고기 사시미를 먹으러 중심가로 나섰는데, 가기로 한 식당을 찾지 못하고 같은 곳을 여러 번 돌기만 했다. 몇 번을 제자리걸음만 하면서도 남편은 다른 사람에게 길을 물으려 하지 않았다. 왜 남자들은 길 물어보는 걸 싫어할까? 난 이 점이 정말 궁금하다. 결국 남편 몰래 길 가던 현지인에게 물어보니 식당은 우리가 뱅글뱅글 돌던 그 자리의 2층에 있었다. 1층만 보곤 없다고 한 것. 문득 이런 생각이 들었다. 길 찾기뿐만 아니라 세상을 보는 각도도 좀 달리한다면 우리 시야가 확장되지 않을까?

영주님 도시락

구마모토 말고기 정식과

＊　　　　　　구마모토에서 먹은 말고기 정식은 아주 이색적이었다. 우리는 말고기 사시미, 말고기 스시, 말고기 고로케, 말고기 군함말이에 와인을 곁들였는데, 예상 밖의 식감이 조금 놀라웠지만 정말 맛있었다. 제주에서도 말고기를 먹을 수 있지만 경험한 적이 없는 내가 사시미와 스시를 망설임 없이 입안에 넣다니, 이 모험 정신은 어디서 온 걸까. 뛰어다니는 말을 생각하면 육질이 무척 질길 것 같지만, 실제로는 식감이 소고기 사시미와 비슷했다. 특히 동그란 찹쌀도넛 모양의 말고기 고로케는 어찌나 맛있던지 먹고 또 먹었다.

다음 날에는 구마모토성을 찾았다. 전날 내린 비 덕분인지 하늘은 뭉게구름과 따사로운 햇볕을 선물했다. 성이 아직 문을 열기 전이라 우리는 주변을 천천히 산책했다. 구마모토성에 왔으니 영주님 도시락(토노사마 벤토)을 사야지. 호소카와 가문의 18대 당주 호소카와 모리히로가 1990년대 초반 총리대신이 된 걸 기념하기 위해 만든 영주님 도시락은 모양을 낸

밥 위에 깨와 매실 장아찌가 얹혀 있었다. 여기에 돌돌 만 쪽파 말이와 어묵, 유부, 갓절임, 토란된장구이, 두부, 향토 식재료인 겨자를 넣은 연근, 고구마조림, 무 초절임, 생강줄기, 달걀말이, 말고기 우엉볶음, 완두콩, 새우찜, 당근, 삼치구이 등 영주님 도시락다운 화려한 구성이 인상적이었다.

이제 하카타로 돌아가 한국행 비행기를 타는 일만 남았는데 그전에 꼭 가보고 싶은 맛집이 있었다. 우리는 구마모토에서 하카타로 가는 길에 야나가와에 들러, 1615년에 창립한 장어 전문점 모토요시야 본점을 찾았다. 물의 고장 야나가와의 특산물이 우나기(민물장어)이기 때문이다. 모토요시야 본점은 지붕이 움막처럼 생긴 2층 목조가옥으로 세월을 가늠하기 어려울 정도로 오래되어 보였는데, 도시를 대표하는 특별한 장소답게 꽤 운치가 있었다. 모토요시야는 가장 먼저 세이로무시 방식으로 장어찜을 선보이면서 고장의 명물로 유명세를 떨치게 되었다고 한다. 세이로무시는 갓 구운 장어를 소스에 바른 뒤 밥 위에 얹어 나무 찜통으로 두 번 쪄서 따끈하게 내는 장어덮밥을 말한다.

가정집처럼 생긴 식당의 내부는 사람들로 북적거렸다. 우리는 한참을 기다린 끝에 신발을 벗고 방으로 들어갔다. 잘 정돈된 다다미방에는 교자상이 놓여 있었다. 시원한 에비수 한잔으로 목

을 축이고 나니 드디어 기다리던 장어찜이 고급스러운 목기에
담겨 나왔다. 300년 넘게 사랑받아온 전통 음식을 본점에서 먹
어보다니 감격스러웠다. 도시락은 아니지만 도시락 모양의 목기
에 담겨 나오는 장어찜은 기차를 타고 돌며 먹었던 에키벤의 피
날레를 장식하는 느낌이었다.

　남편은 해외여행을 떠나면 물 한잔조차도 내가 갖다줘야 할
만큼 영어를 쓰지 않는다. 완벽하게 문장이 구사되지 않으면 아
예 말하지 않는 쪽을 택하는 자존심 강한 남편 앞에서 난 되지

도 않는 영어로 무조건 돌진부터 하는 행동형 부인이 되었다. 그런데 일본에 와서는 거꾸로 물 한잔도 내 손으로 떠다 먹지 않을 만큼 남편에게 모든 것을 의지했다. 이번 여행을 통해 여행을 이끄는 주체가 누구인지에 따라 책임과 만족감이 달라지는 극적인 대비를 경험할 수 있었다. 그래서 난 남편과 떠나는 일본 여행이 참 좋다. 깃발 든 대장이 되어 가족을 이끄는 남편의 모습이 뭐든 내가 하자는 대로 다 해주는 평상시와는 매우 다른 매력으로 다가오기 때문이다.

만화 『에키벤』 규슈 편에 나오는 도시락을 먹어보기 위해 충동적으로 감행한 에키벤 여행은 이렇게 끝이 났다. 가벼운 짐 싸기와 심플한 식단을 실천해, 욕심으로 인해 너무 많이 생각하고 너무 많은 걸 준비해야 하는 부담을 덜어낸 의미 깊은 여행이었다. 때론 모자란 듯 여백이 있는 여행이 더 큰 만족을 안겨줄 수 있다는 교훈을 얻은 시간이기도 했다.

료칸을 만나다

*   최초의 경험은 누구에게나 뜨거운 화인처럼 뇌리에 선명하게 남기 마련이다. 나의 경우 일본 문화체험 중 료칸이 그런 특별한 기억으로 남아 있다.

2006년 시누이이자 친구인 루시아와 처음으로 함께 해외여행을 떠났다. 그동안 시간이나 여건 등이 맞지 않았는데 드디어 둘이 3박 4일이라는 시간을 맞출 수 있었다. 우리는 온천 도시 유후인에 가기로 했다. 유후인은 그때나 지금이나 직항편이 없어 후쿠오카로 가서 기차나 고속버스로 두 시간가량 더 들어가야 하는 작은 시골 마을이다. 그렇지만 그냥 시골 마을이라고 대수롭지 않게 여기기에는 너무나 아름다운 풍광과 매력을 지닌 곳으로 당시에는 한국에 덜 알려져 있어 더욱 설렘과 기대가 컸다.

고교 동창인 우리는 둘이서 여행을 한다는 것만으로도 무척이나 들떠 있었다. 다시 학창시절로 돌아간 듯한 기분에 웃음이 끊이질 않았다. 후쿠오카공항에서 유후인까지 바로 연결되는 교통편이 없어 우리는 하카타 시내 터미널까지 지하철을 타고 들어갔다. 하카타 터미널은 하카타역과 붙어 있어 고속버스와 기차 시간을 동시에 확인하고 결정할 수 있었다. 우리는 고속버스로 유후인까지 가기로 하고 일단 끼니를 때울 도시락을 샀다.

앞에서 자세히 언급했지만 일본의 에키벤은 매년 전국 경연대회가 열릴 만큼 역마다 많은 종류의 특색 있는 도시락을 판매한다. 우리는 하카타역 지하에 있는 슈퍼에서 도시락과 녹차를 산 뒤 의자에 한가로이 앉아 에키벤을 맛보았다. 아직 목적지는 가지도 않았는데 겨우 도시락과 자판기에서 뽑은 차 하나에 이렇게 흥이 오르다니, 역시 친구와의 여행은 순도 높은 힐링을 안겨준다.

하카타에서 유후인까지는 버스로 두 시간 정도 걸렸다. 유후인 버스터미널에 도착하니 일본 전통복장을 한 청년들이 역사 드라마에나 나옴직한 인력거 옆에서 고객을 기다리고 있었다. 그 또한 이색적인 풍경이었다.

우리가 예약한 료칸은 역에 도착해서 전화하면 픽업을 나오는 곳이라 공중전화를 찾아 연락했는데 전화받은 분이 영어를 전혀 알아듣지 못했다. 이를 어쩐다…. 숙박업에 종사하는 분이 영어를 못할 것이라고는 예상치 못했던 터라 난감해하고 있는데 친구가 전화를 다시 해보겠단다. 부끄럼도 많고 낯가림이 심한 친구가 전화를 걸더니 유창한 일본어로 우리가 누구고 어디에 있으니 데리러 오라는 말을 술술 한다. 아차차! 내 친구가 일본어 강사도 했던 능력자라는 것을 잊어버리고 어설픈 영어로 낑낑대고 있었으니 이 얼마나 우스운 상황인가.

잠시 후 미니버스가 우리를 태우러 왔다. 버스로 10분이 채 걸리지 않아 도착한 곳은 유후인의 산중턱 유황 냄새가 솔솔 나는

곳에 자리한 메보에소였다. 안으로 들어가니 일본 전통의상을 입은 직원이 우리를 반갑게 맞이하며 로비 소파로 안내했다. 잠시 뒤 종이와 펜을 가져와 식사 및 체크아웃 시간 등을 꼼꼼히 묻고 적었다. 우리는 방에 짐을 내려놓은 다음 시내로 나갔다.

유후인은 작은 도시라 걸어서 돌아볼 만했다. 딱히 정해놓은 곳이 없어 긴린코 호수까지 이어진 골목의 아기자기한 상점들을 구경하는데 얼마나 볼거리가 많은지 시간 가는 것도 모를 정도였다. 세상의 예쁜 것은 모두 모아놓은 듯한 선물가게를 기웃거리다 우리는 어느새 금빛 잉어가 산다는 긴린코 호수에 도착했다. 저 멀리 샤갈의 카페가 보였다. 검고 긴 지붕이 이름과 잘 어울렸다.

가이세키와 노천온천

*   일본의 료칸은 정해진 시간에 맞춰 새로 밥을 지어 제공하기 때문에 몇 시에 식사할지 미리 약속해야 한다. 손님이 머무는 방으로 상을 들여오기도 하고 료칸 내 식당에 가서 지정된 자리에 앉아 먹기도 한다. 우리는 방 안에 준비되어 있던 유카타로 갈아입고 식당으로 내려갔다. 이름표가 올려진 탁자를 보니 어떤 저녁이 펼쳐질지 궁금증이 밀려왔다. 료칸에서 주문하는 저녁 식사는 가이세키(정찬)라고 하는데, 우리의 한정식이라고 생각하면 된다. 료칸마다 자기들만의 개성 있는 음식을 내어오는데 마치 공예작품 같은 각양각색의 음식들이 차례차례 차려진다.

처음 입어보는 유카타가 편하지만은 않았지만 현지인처럼 일본 옷을 입고 음식을 기다리는 시간은 은근히 설렜다. 곧 기본 찬과 식기가 놓이고 한껏 멋을 부린 한입 크기의 생선회가 접시에 담겨 나왔다. 회를 먹고 나니 개인 화로가 들어왔다. 손바닥만 한 화로에 윤기 흐르는 고기를 구워주는데 마치 소꿉놀이를 하는 것처럼 신기했다.

거나하게 저녁을 먹은 뒤에는 목욕 도구를 챙겨 노천온천으로 갔다. 료칸 체험의 하이라이트라고 할 수 있는 시간이었다. 우리는 개인 온천을 예약해두었는데 싸리나뭇대로 만든 담이 외부의 시선을 차단하고, 크기는 작지만 돌을 둘러 만든 탕과 샤

워 시설이 갖추어져 있었다. 2월이라 날씨는 쌀쌀한 편이었지만 물이 어찌나 뜨거운지 춥다는 느낌은 들지 않았다. 사진만 찍으면 자욱하게 앞을 가리는 수증기에 우리가 산신령처럼 보여 얼마나 웃었는지. 시골 산중턱의 맑은 공기 덕분에 하늘의 무수한 별들이 마치 손에 잡힐 듯 선명하게 보였다. 머리 위로 별빛이 쏟아지는 가운데 손에 캔맥주를 들고 즐기는 한밤의 온천욕. 이대로 시간이 멈추기를 바랄 뿐이었다.

설국의 료칸

*　　　　　　"국경의 긴 터널을 빠져나오자, 설국이었다. 밤의 밑바닥이 하얘졌다."

이것은 1968년 노벨문학상을 수상한 가와바타 야스나리 소설『설국』의 상당히 탐미적인 첫 구절이다.『설국』은 마치 흑백 무성영화를 보는 듯한 감정으로 읽어 내려갔던, 일본 에치고유자와를 배경으로 한 멜로소설이다. 여행은 어떤 핑계로 가게 될지 모른다는데, 그렇다. 이번 핑계는 설국이었다.

이번 여행은 테마가 다양했다. 에치고유자와는 니가타현 북쪽에 위치한 니가타에서 한 시간 거리, 아래로 도쿄까지도 한 시간 거리에 위치한다. 엄마는 니가타의 사케박물관을, 미술관을 좋아하는 작은딸은 도쿄에서 일년에 딱 세 번만 열리는 KURODA 전시를 가기로 했다. 그렇게 해서 니가타–에치고유자와–도쿄로 이어지는 여행의 테마가 정해졌다.

니가타는 물이 맑아 일본 내에서도 좋은 사케가 나는 것으로 유명하다. 매년 눈이 많이 내리는 고장이지만 그해에는 유독 더 많이 와서 우리는 니가타에 도착했을 때부터 다음 날까지 끝도 없이 내리는 눈을 감상해야 했다. 사케박물관은 니가타 역사 안에 있다. 입장하면서 500엔을 내면 코인 다섯 개와 작은 사케잔 하나를 준다. 거대한 벽 한 면이 사케 자판기처럼 꾸며져 있고

90가지 이상의 사케에 이름과 알코올 도수, 쌀의 도정 정도 등이 적혀 있다. 동전을 넣고 노란색 버튼을 누르면 맛보기용 술이 들고 있는 사케잔 속으로 쪼르륵 따라진다. 안주는 30여 가지 맛과 색의 소금이다.

눈이 너무 많이 와서 아무 데도 갈 수 없었지만 조금도 아쉽지 않았다. 여기서 하고 싶은 것을 다 했으니.

다음 날 기차를 타고 에치고유자와로 가는데 태어나 가장 많은 눈을 본 것 같았다. 이날, 내가 니가타 가는 걸 아는 친구에게 연락이 왔다. 지금 니가타역을 지나는 모든 기차가 운행 정지되었다고…. 우리는 운행 정지 직전에 니가타를 빠져나온 것이다. 『설국』을 읽고 나서 계획한 에치고유자와 여행인데 눈 때문에 못 갈 뻔한 아찔한 순간이었다.

료칸 류곤

*　　　　　　에치고유자와역은 원래 니가타현의 유자와 지역에 있으나 아키타현에 유자와역이 이미 있어서 니가타현을 다스리던 옛 율령국의 이름인 '에치고'를 붙여 에치고유자와라는 이름이 되었다고 한다. 우리는 가보고 싶었던 료칸 '류곤'을 예약해놓은 상태였다. 료칸에서 픽업 오기로 한 시간이 좀 남아서 역을 둘러보는데 우리나라 기차역처럼 우동을 판다. 의자도 없이 다들 서서 따끈한 우동을 먹길래 출출하기도 하고 아직 시간도 있고 해서 우리도 메밀우동을 샀다. 시골이라 그런지 우동 한 그릇에 400엔밖에 하지 않는데 시치미(7가지 향신료로 만든 일본의 양념)를 톡톡 넣어 먹어보니 세상 그렇게 맛있는 우동이 없다. 잠깐 기다리면서 기대 없이 주문했는데 "이 집 우동 맛집일세!" 감탄이 절로 나왔다. 그렇게 우동을 먹고 에치고유자와역 안을 둘러보는 사이 료칸 류곤에서 우리를 데리러 왔다.

　일본에서 눈이 많은 고장은 좋은 사케를 만들기도 하지만 근사한 온천과 스키장도 많다. 우리는 스키를 타러 온 것은 아니라서 그저 온천에서의 여유로움만 즐기기로 했다. 작은 벤을 타고 료칸으로 가는 길, 해넘이 햇살을 받은 핫카이산의 위엄이 황홀했다.

　도쿄나 오사카처럼 복잡한 도시의 매력을 맛보는 것도 좋지만 온전한 쉼표 여행이란 이런 것임을 제대로 보여주는 느림의 미학 여행도 참 좋다. 바로 그 느림의 여행을 이곳에서 오롯이 경험할 수 있었다.

에치고유자와역에서 20분쯤 달려 도착한 류곤은 지은 지 약 200년이 넘은 주택이다. 과거 일본 귀족의 집을 개조해서 서른두 칸의 료칸으로 쓰고 있는데 긴 역사가 곳곳에서 배어나왔다. 온천 여행은 료칸 대문에서부터가 시작이다. 오랜 세월이 느껴지는 일본 전통가옥의 위풍당당한 외관에 놀라며 대문을 거쳐 현관으로 들어서니, 바로 신고 나가기 편하게 가지런히 돌려놓은 슬리퍼가 눈에 띄었다. 천장에서 길게 늘어진 줄에는 주전자가 매달려 있고, 아래에는 이로리(Irori)가 장식된 거실이 있었다. 이로리는 농가 등에서 방바닥을 네모로 자르고 그 안에 재를 깔아 만들었던 난방 시설을 말한다.

소파에 앉아 있으니 전통의상을 입은 직원이 무릎을 꿇고 숙박부에 기재할 내용을 받아적었다. 직원은 저녁 식사 정식(가이세키)을 몇 시에 준비하면 되는지, 다음 날 조식은 몇 시에 할 것인지, 몇 시쯤 역에 태워다주면 되는지 등을 물었다. 덕분에 숙박객은 모두 제시간에 갓 지은 쌀밥으로 식사를 할 수 있었다.

이뿐만이 아니었다. 우리가 바로 역으로 가지 않고 사케를 만드는 핫카이산 전시회장을 갈 예정이라고 하니 그곳까지 차로 데려다주겠다고 했다. 그렇게 꼼꼼하게 숙박부를 작성하고 나서야 비로소 우리를 객실로 안내했다. 앞장 선 직원을 따라가는데 복도에서 바라다보이는 정원이 또한 예술이었다. 왜 이 집이 「내셔널 지오그래픽」에 소개되었는지 알 것 같았다.

우리 방엔 꽤 넓은 다다미가 깔려 있었는데 눈 쌓인 겨울에 가서인지 앉은뱅이책상같이 생긴 테이블 위에 천으로 덮여 있는 일본식 난로 '코다츠'가 한눈에 들어왔다. 방 한가운데에 큰 탁자가 놓여 있고 대나무숲이 보이는 창 앞에는 차를 마실 수 있는 티테이블과 의자가 놓여 있었는데, 거기서 어릴 적 엄마가 마호병(보온병의 일본어)이라 불렀던, 뚜껑을 꾹 누르면 주둥이에서 물이 나오는 반가운 물건을 만났다. 일본 최초로 보온병을 만든 회사에서 "이건 진정 마법이야!!"라고 외치면서 이름이 마법의 병이라는 뜻의 마호빙(魔法瓶, まほうびん)이 되었다고 한다.

우리는 직원의 안내에 따라 붙박이장 안에 있는 유카타로 갈아 입었다. 일본 여행이 편하게 느껴지는 이유 중 하나는 여행자가 빈손으로 가더라도 불편함이 없도록 필요한 것을 세심하게 준비해놓는다는 데 있지 않을까.

방 소개가 끝나고 간단한 료칸 소개 시간이 이어졌다. 산책로와 몇 개의 온천장, 노천온천과 문화 공간까지 소개받고는 일단 휴식을 취하기로 했다. 우리는 옹기종기 코다츠 앞에 모여 조근한 대화를 나누며 들뜬 마음을 가라앉힌 후 가이세키를 먹으러 식당으로 갔다.

우리나라도 한정식이 있지만 그 고장에서 나는 식재료를 이용하여 만든, 아기자기한 그릇에 한껏 멋을 부린 음식들이 차례차례 등장하는데 마치 상 위의 런웨이를 보는 듯 황홀했다. 회는 기본이고 작은 화로에서 구워 먹는 고기와 긴 막대기에 세로로 꽂은 구운 생선, 그리고 화려한 색색의 채소들과 갓 지은 밥이 차례로 올려졌다. 구운 생선 밑에 깔린 나뭇잎에는 류곤이라는 한자가 새겨져 있었다. 에치고유자와답게 세 가지 서로 다른 맛의 사케도 앙증맞게 생긴 잔에 담겨 올려졌다. 직원이 역시나 무릎을 꿇고 앉아 하나씩 설명하는데 마치 임금님의 수라상을 받는 듯한 기분이 들었다.

기분 좋은 저녁 식사를 마치고 미리 사둔 핫카이산 호리병 사케를 들고 온천에 들어가니 시간대가 달라서인지 안에는 우리밖에 없었다. 실내 욕탕을 거쳐 노천으로 나가니 눈 쌓인 암석 사이로 온천수에서 김이 올라오는데 여기가 천국인지 이승인지 알 수 없을 만큼 몽환적이었다. 따뜻한 온천수에 몸을 담그고 별이 빛나는 하늘을 보니 솜사탕이 녹듯 모든 시름이 물속으로 사라지는 것 같았다.

한 집을 200년이 넘도록 관리해온 것도 대단하고 고객에게 오랫동안 남을 감동의 서비스를 제공하는 그들의 체계도 놀라웠다. 주변에 스키장 말고는 특별한 관광지도 없는데 소설 『설국』이 비행기를 타고 기차로 갈아타고 다시 버스를 타야만 만날 수 있는 이곳으로 나를 이끌었다. 좋지 않은 기운은 다 버리고 눈처럼 하얗고 깨끗한 기운만을 받아왔던 료칸 체험이었다.

마음과 신체가 모두 맑아지는 감성 일본 여행은 언제나 추천하고 싶다. 글을 쓰는 동안에도 비행기 예약을 하고 싶으니 나쁘지만은 않은 충동이다.

3

여행 ——— 사랑

그리고 사람

오
페
라
의

유
령

*　　　　　　나에게는 35분 터울의 쌍둥이 동생이 있다. 시
간으로는 35분이지만 두 시간마다 달라지는 12간지의 시로 따
지면 나는 술시생이고 동생은 해시생이다. 결정론적 운명을 맹
신하진 않지만 이런 작은 차이들로 달라지는 게 있을 법도 하다
는 생각은 한다. 맏이인 나는 쌍둥이 동생을 한참 어린 동생처럼
취급했고, 부모님도 다른 쌍둥이들이 흔히 그러듯 동생이 언니
에게 이름을 부르는 등의 행동을 하지 못하게 엄격하게 단속하
셨다. 동생은 나를 꼭 언니라고 불렀고, 나 역시 언니답게 행동
하려 노력했다. 우리 밑으로 동생이 둘이나 더 있는데 그 동생들
조차 맏이인 나와 쌍둥이 동생을 대하는 게 다를 정도였다.

그런 만큼 동생을 못살게 구는 짓궂은 아이들을 찾아가 언니
자격으로 당당하게 야단치는 일도 다반사였다. 국민학교(지금의
초등학교)에 다닐 때의 일이다. 미술 시간에 동생의 담임선생님이
다급하게 오시더니 동생이 배탈이 났다며 얼른 집으로 데려가라
고 하셨다. 네 명이 한 조가 되어 한 장의 그림을 완성해야 하는
중요한 시간이었지만, 나는 주섬주섬 가방을 챙겨 동생을 업고
집으로 향했다. 한참을 걷던 중 갑자기 등 뒤에서 동생이 "언니
나 사과 먹고 싶어~" 하는 것 아닌가. 동생을 등에서 내리고 빤히
쳐다보니 집에 가고 싶어 꾀병을 부렸다고 털어놓았다.

잔병치레가 많은 나를 집으로 데려가는 일이 잦았던 동생이

자기도 아파서 언니가 한번 집에 데려가줬으면 좋겠다고 생각했다는 것이다. 겨우 35분 차이밖에 나지 않는데도 동생은 늘 그렇게 내 그늘에서 응석을 부리곤 했다.

결혼도 내가 동생보다 6년이나 먼저 했다. 큰아이를 낳고 친정으로 산후조리를 갔을 때도 결혼 전처럼 동생과 콩닥거리며 놀았는데, 연신 첫 조카의 인형을 사 나르던 동생이 어느 날 가족들에게 폭탄선언을 했다. 직장을 다니며 모은 돈으로 어학연수를 가겠다는 것이었다. 그것도 캐나다 시골 마을 킹스턴이라는 곳으로 가겠다는데, 이미 많은 것을 알아본 모양이었다.

동생은 혼자서 모든 것을 준비하고는 캐나다 유학길에 올랐다. 경비를 넉넉하게 준비해 떠난 유학이 아니다보니 동생은 현지에서 생활비를 아끼고 또 아껴야 했다. 그런 동생을 위해 나는 통관이 될지 안 될지도 모르는 생필품을 소포로 보낸 적이 있다. 다행히 동생은 무사히 소포를 받았고, 머나먼 타국에서 혼자 힘들게 지내다가 그 물건들을 보고는 주저앉아 한참을 울었다고 했다.

얼마 지나지 않아 내가 마침 뉴욕으로 출장을 갈 일이 생겼다. 우리에게 주어진 자유시간은 단 1박 2일! 나는 뉴욕에서 비행기로, 동생은 킹스턴에서 버스로 각각 이동해 우리는 토론토공항에서 만나기로 했다. 태어나서 결혼하기 전까지 나와 줄곧 방을 같이 쓴 룸메이트였는데 오랜만에 하룻밤 함께 지낼 수 있는 시간이 온 것이다. 동생이 미리 와서 기다리고 있어서 공항에 도착하자마자 바로 만날 수 있었다.

동생은 나를 볼 생각에 설레 잠도 제대로 못 잤다면서 뮤지컬 〈오페라의 유령The phantom of the opera〉을 어렵게 예매했다고 말했다. 토론토 극장에서 쌍둥이가 함께 뮤지컬을 본다니! 내가 좋아할 것을 상상하면서 빠듯한 유학 경비를 아낌없이 지불한 동생은 티켓을 보여주면서 함박웃음을 지었다.

그런데 1박 2일이라는 짧은 시간도 신경 쓰인 데다 몸도 피곤했던 나는 정작 시큰둥한 반응을 내비쳤다. 내가 뮤지컬 티켓을 팔아 해산물이나 먹으러 가자고 하니 착한 동생은 어렵게 구한 표인데도 선선히 그러자고 했다. 그렇게 해서 동생은 공연장 앞에서 암표를 팔고, 못된 언니인 나는 딸아이의 옷을 사러 그사이 쇼핑센터를 다녀왔다. 착한 동생은 현장 구매를 하러 온 대만 사람에게 표를 팔았는데, 크게 손해를 보지 않았다며 기뻐했다. 덕분에 우린 가까운 해산물 전문점에 가서 테이블 위에 램프를 놓고 버터를 녹여가며 크랩과 랍스터를 원 없이 먹을 수 있었다. 테이블 위에 놓인 촛불과 분위기 있는 조명, 그것들과 잘 어우러지는 재즈 음악이 랍스터 맛을 한층 업그레이드시켜 주었다.

동생과 밤새 수다를 떨고 헤어져 한국으로 돌아왔는데, 마침

당시 방송 중이던 드라마 〈신데렐라〉에서 남자 주인공 김승우가 여자 주인공 이승연에게 데이트 신청을 하며 공연장 전체를 빌려 디너 테이블을 마련하는 장면이 나왔다. 그때 나온 음악이 〈오페라의 유령〉 주제곡이었다. 그걸 들을 때마다 동생 생각이 났다.

이듬해 착한 동생은 무사히 연수를 끝내고 한국에 돌아왔다. 나쁜 언니는 〈오페라의 유령〉 오리지널 팀이 한국에서 초연할 때 티켓을 끊어 동생과 함께 메자닌(2층 제일 앞줄)에서 관람하며 토론토에서의 여한을 풀었다. 지금 생각해도 어렵게 예약한, 보고 싶었을 뮤지컬을 포기하고 내가 먹고 싶다는 시푸드를 기꺼이 먹어준 동생에게 고맙고 미안한 마음이다. 은경아, 그때 토론토에서 정말 미안했어!

제인 아줌마

＊ 　 큰아이가 여섯 살, 작은아이가 아직 돌이 되기 전이던 어느 날, 회사에서 운영하는 어학연수 프로그램에 지원하게 되었다(당시에는 회사에 다니고 있었다). 사실 대표님이 큰 뜻을 가지고 전 직원을 순차적으로 미국에 1년씩 보내 영어 연수를 시켜주고 있었는데, 내 차례가 됐을 때는 작은아이를 임신 중이라 나가지 못했었다. 순서는 지났지만 고민 끝에 큰 용기를 내 지원했는데 다행히 회사의 승인이 떨어졌다. 고맙게도 남편은 연수를 지지해줬지만 문제가 있었다. 아이 둘을 1년이나 시댁에 맡겨야 한다는 것이었다.

공부를 좋아하는 시아버님께 먼저 회사에서 지원해주는 어학연수 프로그램이고, 미래를 위해 필요한 공부라고 말씀드렸다. 아버님은 어머님은 당신이 설득할 테니 걱정 말고 준비하라고 하셨다. 지금 생각해봐도 정말 어려운 결정이고 큰 배려였다. 아버님이 직접 아이들을 돌보시는 게 아니었기 때문에 아마도 두 아이의 육아를 떠안게 될 게 분명한 어머님은 철없는 며느리의 결정에 적잖이 당황하셨을 것이다. 그랬는데도 결국 허락해주신 것을 늘 가슴에 담고 감사한 마음으로 살고 있다.

어렵게 오른 유학길이지만 마냥 좋은 것만은 아니어서 기숙사 책상 앞에 붙여놓은 가족사진을 보며 밤마다 많이도 울었다. 모든 것을 내가 결정했지만 가족을 보고 싶은 건 어쩔 수 없었다.

내가 향수병에 힘들어할 때 큰 위로가 되어준 것은 제인 아줌마였다. 제인 아줌마의 정식 이름은 제인 콤스톡Jane Comstock이지만 우린 모두 제인 아줌마라고 불렀다. 그녀는 아칸소 주립대학이 소재한 시골 마을 존스보로 토박이로 이곳에 머무는 한국 학생들을 돕고 있었다. 말도 안 되는 저렴한 가격으로 하숙도 하고 한국 음식도 만들어준, 친절과 배려의 본보기가 되어준 분이었다.

그뿐 아니라 일주일에 한 번씩 시간을 정해 영어가 안 되는 학생들의 무보수 대화 상대가 되어주기도 했다. 제인 아줌마가 할 수 있는 한국어는 "안녕하세요. 나는 제인입니다." "반갑습니다." "문제없어!" 정도였는데, 이중 "문제없어"를 제일 많이 사용했다. 나는 12월 말에 미국에 도착했는데, 1월 말쯤 가족을 향한 그리움이 차올라 힘든 시간을 보내고 있었다. 그러자 아줌마는 쿠키를 만들어 가족들이 밸런타인데이에 받아볼 수 있게 하자고 제안했다. 그러면서 오랫동안 자주 사용한 게 분명한 낡은 쿠키 레시피 노트를 꺼냈다. 아줌마와 함께 쿠키를 만들며 이걸 받고 좋아할 아이들과 남편을 생각하니 향수병에서 어느 정도 벗어날 수 있었고, 언제 도착할까 기다리는 설렘 덕에 바닥까지 떨어진 힘든 마음에서도 벗어날 수 있었다.

제인 아줌마는 쿠키를 만드는 내내 이 모양은 누가 좋아할 것 같니? 너의 아이들은 어떤 아이들이니? 남편에겐 이 모양을 보내자, 하면서 가족마다 포장도 따로 하고 세심하게 마음을 써주었다. 그때 제인 아줌마가 없었다면 나는 이내 포기하고 한국으로 돌아왔을지도 모른다.

그 후 한국에 사흘 정도 들어올 일이 생겼다. 나는 함께 공부하는 친구들과 의논해 아줌마의 깜짝 생일 선물로 한복을 준비하기로 했다. 아줌마에게는 학교에서 미국 여성의 체형 조사 과제가 있는데 치수를 좀 재도 되겠느냐고 둘러대고는 몰래카메라를 찍듯 치수를 재서 한국에 한복을 주문했다. 그때는 지금처럼 인터넷으로 주문하면 지구 어디에서든 바로바로 물건을 받을 수 있는 때가 아니었다. 우리는 내가 잠깐 한국에 들어갔을 때 한복을 찾아다가 기숙사에 아줌마를 초대해 전달하기로 했다. 한복을 받고는 그 크고 예쁜 눈에서 눈물을 쏟아내던 제인 아줌마의 모습이 아직도 눈에 선하다. 지금까지 많은 선물을 해봤지만 받는 이도 주는 이도 그렇게까지 감동했던 선물은 없는 것 같다. 그때 마침 학교에서 인터내셔널 파티가 열렸는데, 신장이 180센티미터 가까이 되는 미국 중년 여인이 아름다운 한복을 입고 나타나자 시골 마을 존스보로가 떠들썩해졌다. 마을이 생기고 한복을 입은 최초 여성이었을 테니 말이다. 그렇게 제인 아줌마와 나는 우정을 쌓아갔다.

아줌마는 어쩌다 K마트에서 좋은 삼겹살이라도 사면 5층짜리 도서관을 모두 돌며 날 찾았다. 핸드폰이 없을 때라 한 층 한 층 돌며 찾아내고는 "혜경, 삼겹살 사놨어. 우리 집에 가자." 하셨다. 그럼 나는 한국에서 가져온 백세주를 챙겨 아줌마 집으로 갔고, 우리는 삼겹살과 백세주 한 병을 아껴 마시며 눈치로 수많은 대화를 나누곤 했다.

존스보로는 마을에서 술을 팔지 않는 드라이 카운티였다. 술을 팔지 않으니 치안은 다른 어느 곳보다 확실했지만, 젊은 대학생들이 술 없이 긴긴밤을 보내기는 쉽지 않은 터. 주말에 제인 아줌마 집에서 파티라도 열리면 우리는 차를 가지고 다른 카운티로 넘어가 맥주를 사오곤 했다. 맥주 30캔이 한 박스였는데, 우리끼리 통하는 은어로 책가방 몇 개 할까? 하며 맥주 개수를 상의하곤 했다.

한국 학생들은 제인 아줌마 집에서 자주 모였는데 다 모이면 25명 남짓이라 보통 책가방 세 개 정도를 사왔다. 그리고 거실 한가운데에 아이스박스를 갖다놓고는 거기에 맥주를 꽂아놓고 마시곤 했다. 시간이 흐르면서 하나둘 쓰러지고 끝까지 버틴 주당들은 새벽 4~5시쯤까지 수많은 이야기와 노래로 날을 새곤 했다. 다행스럽게도 모두 젊어서인지 아니면 술을 못 마시면 애초에 도전하지 않아서인지 취해서 말썽을 피우는 학생은 없었다.

제인 아줌마는 집 뒷마당에 한국 채소를 심어 키우기도 했다. 나도 한국에 다녀올 때 문익점도 아니면서 필름통에 가지씨를 숨겨 들어온 적이 있다. 겁도 많고 나름 준법정신도 강한 편이라 마약을 숨겨오는 것도 아닌데 어찌나 떨리던지. 제인 아줌마 부탁으로 용기를 내어 옷가지들 깊숙이 숨겨온 가지씨는 무사히 아줌마 손에 전달되었다. 나는 성공적인 배달책이었던 셈이다.

이미 아줌마의 뒤뜰에는 배추와 깻잎 등이 자라고 있었다. 내가 가지고 온 가지씨가 드디어 첫 열매를 맺었을 때 아줌마는 "이건 네가 먹어야 한다"라며 제일 먼저 나에게 주셨다. 어차피 기숙사에선 요리하기가 어려워 아줌마 집에서 내 식대로 만들어 함께 먹은 기억이 난다. 한국에서는 흔하디흔한 가지이지만 미국까지 가서 귀하게 열매를 맺은 가지의 의미를 그토록 소중하게 생각하던 제인 아줌마. 아줌마는 그렇게 따뜻한 분이었다.

한번은 한국 학생들이 노스웨스트 계곡으로 소풍을 갔다. 계곡에서 무지개송어도 잡고 강 상류에서 하류까지 카누도 탔다. 한국에 있을 때도 그 유명한 한탄강 래프팅 한번 안 한 내가 2인용 카누에 몸을 싣고 다섯 시간 정도 노를 젓다보니 신나기도 했고 떨리기도 했다. 나는 제인 아줌마와 함께 보트를 탔는데, 골초인 아줌마는 다른 건 몰라도 담배는 젖으면 안 된다며 담뱃갑을 비닐에 꽁꽁 싸맨 후 카누에 올랐다. 배 한가운데에는 배를 정박시킨 후 먹을 샌드위치와 달걀, 콜라 등이 실려 있었다. 제인 아줌마는 오랫동안 보이스카우트 대장을 했고 안전요원 자격증까지 있는 분이었다. 그런데 공교롭게 우리 배에 구멍이 나서 물이 새어들어오기 시작했다. 그러자 아줌마는 콜라 페트병을 잘라 물을 퍼내면서도 담배를 꺼내 피우고 노를 저으며 "혜경, no problem! 문제없어!"를 연신 외쳤다. 입에는 담배를 물고 한손으로는 물을 퍼내고 또 한손으로는 노를 젓는 아줌마 얼굴에는 너무 재미있다는 듯 함박웃음이 가득했다. 겁쟁이인 나는 넘실거리는 강물도 무섭고 여유를 부리는 아줌마도 무서웠다. 진짜 괜찮은 건지, 안심하라고 괜찮다고 하는 건지 알 수 없어 더 겁이 났다. 다행히 우리는 꽤 먼거리를 무사히 내려와 일곱 척의 배를 한곳에 댄 뒤 샌드위치와 콜라를 먹었다. 얼마나 맛있던지.

아름다운 노스웨스트 계곡에서의 래프팅이 끝나고, 우리는 낮에 잡은 송어와 마시멜로를 막대기에 꽂아 산장의 벽난로 앞에 둘러앉았다. 우리 모두 영화 〈흐르는 강물처럼〉의 브래드 피트가 된 것 같았다. 서정적이고 아름다운 저녁이었다.

담배를 많이 피워서인지, 아니면 원래 그런 건지 아주 허스키한 목소리로 "문제없어!"를 달고 살던 아줌마는 이제 만나고 싶어도 만날 수 없는 곳으로 가셨다. 내가 학교를 마치고 한국에 돌아오기 전날 마지막 파티를 열어준 아줌마, 보고 싶을 거라면서 안아주며 눈물을 흘리던 제인 아줌마는 이제 빛바랜 사진처럼 내 마음속에 살고 있다. 아줌마와의 우정이 이 책을 통해 세상에 남겨질 거라 생각하니 글을 쓰는 내내 가슴이 울컥해진다. 따뜻함으로 가득하던 아줌마의 눈길과 목소리, 그리고 다정하게 불러주던 "혜경~"을 잊지 않을게요. 많이 사랑합니다.

로마와 털보 아저씨

*   째깍째깍 손목시계의 초침 소리가 들릴 만큼 고요한 새벽 4시…. 이탈리아 로마에서 출발하여 스위스 취리히로 밤새 달려갈 야간열차는 잠시 밀라노 북부역에 정차 중이었다. 우리가 탄 이등칸 기차는 복도를 사이에 두고 각 방에 양방향으로 의자가 세 개씩 놓여, 낮에는 여섯 명이 앉을 수 있는 일반열차로 사용되고 밤에는 의자를 펼쳐 세 명이 몸을 뉠 수 있게 되어 있었다.

우리 일행은 모두 다섯이었는데, 두 칸의 방을 예약해 각각 세 명과 두 명으로 나누어 가는 중이었다. 그때까지만 해도 별일 없는 평화로운 기차 여행이었는데, 별안간 옆 칸에서 우리 일행 중 한 사람이 소리를 질렀다. 깜짝 놀라 일제히 문을 열고 복도로 나와보니 정체를 알 수 없는 누군가가 방문을 슥 열고는 미리 준비하고 있었던 것처럼 능숙하게 여권과 현금 등이 들어 있는 선반 위 가방을 훔쳐 홀연히 사라졌다는 것이다.

이탈리아에 소매치기가 많다는 경고를 워낙 많이 들어서 여행 내내 가방을 꼭 끌어안고 다녔는데, 이제 떠난다고 겁 없이 선반 위에 올려놓았다가 눈 뜨고 코를 베인 셈이다. 귀중품이 든 가방만 귀신처럼 훔쳐간 도둑은 이미 그림자도 보이지 않았다. 여권이 없으니 스위스에 갈 수 없었고, 우린 주섬주섬 나머지 짐을 챙겨 기차에서 내릴 수밖에 없었다.

새벽 4시 인적이 드문 역사에서 경찰서를 찾아가는 길. 다섯 명이 끄는 커다란 여행 가방 바퀴가 도로의 포석과 마찰하면서 만들어내는 터덩터덩 소리가 고요한 새벽의 공기를 갈랐다. 물어물어 찾아간 경찰서에서 보인 태도는 더 가관이었다. 이런 일은 매우 일상적이라는 듯 여기서는 신고가 안 되니 역 반대편에 있는 다른 경찰서로 가라는 것이었다.

여행을 다닐 때 다섯 명은 아주 애매한 조합이다. 택시를 탈 때도 두 대를 잡아야 하고 호텔에 머무를 때도 한쪽은 트리플룸을 쓰거나 싱글룸을 써야 한다. 넉넉하지 않은 배낭 여행객 처지에 싱글룸은 언감생심이라 주로 게스트하우스나 유스호스텔을 이용했던 우리는 큰맘 먹고 택시를 두 대 잡아 타고는 반대편의 경찰서로 갔다. 하지만 그곳의 대응도 크게 다르지 않았다. 대수로운 일이 아니라는 반응뿐이었다. 신고는 받겠지만 찾을 수 없을 거라는 아주 단순하고 메마른 답변만 돌아왔다.

여권을 만들려면 영사관이 있는 로마로 되돌아가야 했다. 당시 우리는 미국에서 학교에 다니다 방학을 틈타 나온 거라 설상가상 미국 비자도 받아야 했고, 모든 서류를 미국과 한국에서 택배로 받아 영사관에서 여권을 발급받아야 했다. 그런 다음 서둘러 미국대사관에 비자를 신청해 급행으로 비자가 승인된 여권을 받아야 하는 상황이었다. 게다가 우리 비행기표가 날짜 변경이 불가능한 표라 일주일 후에는 무조건 프랑크푸르트에서 출발해야 했다. 이게 무슨 일인지… 기가 막혔지만 울고만 있을 수는 없는 노릇. 우리는 로마에서 머물렀던 또또민박으로 일단 돌아가기로 했다. 불행 중 다행인 것은 아직 일주일의 사용 기한이 남은 유레일패스는 다른 일행이 가지고 있어 기차표는 건졌다는 점. 우리는 밀라노에서 출발하는 가장 빠른 기차를 타고 로마로 향했다.

"아줌마… 방 있어요?"

우리는 다크 서클이 무릎까지 내려온 채 쓴웃음을 지으며 다시 또또민박으로 들어갔다. 전격 제트 작전이 시작되는 순간이었다.

우선 로마에 오자마자 만났던 분에게 도움을 청하기로 했다. 여기서 잠깐 그분 이야기를 해보면, 우리는 또또민박의 침대 여섯 개짜리 방을 예약해, 혼자 여행 중인 연배가 좀 있어 보이는 여자분과 함께 지내게 되었다. 민박집에서 제공하는 아침 식사를 도란도란 함께한 뒤 단풍철의 설악산 단풍보다 더 짙은 빨간색 점퍼를 입은 그분은 우리보다 먼저 투어를 나갔다.

우리는 느긋하게 식사를 마치고 어슬렁어슬렁 판테온 신전으로 갔다가 눈에 띄는 빨간색 점퍼를 한눈에 알아봤다. 그런데 그분은 혼자가 아니라 얼굴의 반이 수염으로 뒤덮인 덩치 큰 남자분과 함께 있었다. 가만히 보니 그 남자분이 가이드처럼 자분자분 무언가를 설명하고 있는 게 아닌가. 그렇다면 한번 들어볼까? 우리 다섯은 말없이 슬금슬금 뒤를 따라다녔는데, 정말 가이드처럼 로마의 역사와 신전의 유래, 현지 사정 등을 차분하고 재미있게 설명해주고 있었다. 두 분은 설명하고 듣느라 다섯 명이나 꼬리가 붙었는데도 눈치채지 못했다. 드디어 꼬리가 밟힌 우리가 배시시 웃으며 "저희도 한국인인데 같이 좀 들어도 될까요?" 하니 털보 아저씨는 환하게 웃으며 허락했다.

공짜로 설명을 들었으니 우리가 점심을 대접하겠다고 하자, 털보 아저씨는 좁은 골목 안의 이탈리아식 중국집으로 앞장서 갔다. 이탈리아 각지에서 이런저런 음식을 꽤 먹어보았는데 이곳의 음식은 그동안 먹은 웬만한 음식보다 훨씬 값싸고 맛있었다. 여기에 디저트로 나온 튀긴 아이스크림은 감동의 정점을 찍었다. 뜨거운 튀김 한가운데에서 형체가 살아 있는 아이스크림이 나오다니….

식사를 하는 내내 깔깔거리는 밝은 처자들이 마음에 들었는지 털보 아저씨는 우리만 괜찮으면 오후 여행도 가이드해주겠다고 제안했다. 평범한 옷차림에 낡은 샌들을 신고 있는 이 아저씨는 뭘 하는 분일까? 대체로 가이드는 특유의 말투나 느낌이 있는데…. 일반 가이드를 하는 분이라고 하기에는 설명하는 관점이 달랐다. 궁금한 게 많았지만 본인이 굳이 하지 않는 이야기를 물을 수는 없었다. 우리는 오후 여행도 함께했고, 다음 날은 일반 여행 패키지에서는 가기 힘든 로마 구석구석과 베드로 성당까지 안내받기로 한 후 헤어졌다.

다음 날 털보 아저씨께 감사한 마음을 전하기 위해 선물을 준비해 베드로 성당에 갔다가 입구에서 한국인 수녀님을 만났다. 수녀님은 인자한 미소를 지으며 털보 아저씨에게 반갑게 인사했다. 어쩐지… 그냥 동네 주민이라고만 하시던 그분은 이탈리아 마리아 수도원에 11년째 살고 있는 자유로운 영혼의 신부님이었다.

성 베드로 성당에는 16개의 성서 이야기를 담은 높이 5m의 청동으로 만든 '성스러운 문'이 있다. 이 문은 25년에 한 번 성년에만 열리는데 이 문으로 들어가 고해성사를 하면 면죄부를 얻을 수 있다고 털보 신부님이 설명해주었다. 우리가 방문한 2000년이 바로 성년이었던 덕분에 25년에 한 번 열린다는 천국 문을 넘어보는 영광을 누릴 수 있었다. 신부님은 그날 저녁 야간열차를 타야 하는 우리에게 로마를 떠날 때 긴장이 풀려 짐을 잃어버리는 일이 많으니 특히 조심하라고 당부했다. 그런 당부까지 듣고는 여권 가방을 잃어버린 것이다.

우리에게 주어진 시간은 일주일. 그 안에 여권을 만들고 비자를 받아야 한다고 하니 또또민박 주인 아주머니는 어림도 없다

고 했다. 로마에서는 여권 도난이나 분실 사고가 워낙 잦아 여권이 나오는 데만 족히 2주는 걸린다는 것이다. 여권이 빨리 나온다고 해도 미국 비자 발급이 문제였다. 이탈리아는 일처리하는데 시간이 오래 걸리는 편이라 페덱스로 서류가 도착해도 제때 우리 손에 들어오지 못하면 모든 노력이 물거품이 될 수 있는 상황이었다. 우리에겐 이탈리아어를 할 수 있는 사람이 필요했다.

다섯 명 중 여권을 분실한 한 명을 포함한 세 사람은 여권용 사진을 찍은 뒤 영사관을 찾아갔고, 나머지 두 명은 급행으로 서류를 보내달라고 한국과 미국의 담당 기관에 요청한 뒤 신부님께 도움을 청하기로 했다. 우리는 신부님과 헤어질 때 받은 주소를 찾느라 여행 가방을 뒤지기 시작했다. 함께 찍은 사진을 인화해 보내려고 주소를 받아두었는데 이렇게 빨리 찾게 될 줄 누가 알았을까. 역시 여행은 예상대로 흘러가지 않는다.

그때는 아직 스마트폰이 나오기 전이라 주소만으로는 도대체 어디쯤 있는 곳인지 알 수가 없었다. 나중에 알고보니 수도원이 로마 시내가 아니라 한국으로 치면 서울 외곽에 해당하는 곳에 있어 물어도 아는 이가 없었던 것이다. 다행히 기타를 등에 메고 있던 한 여성이 그 주소지를 안다면서 시외버스를 타고 가라고 일러주었다. 중간중간 물어가며 버스에서 내리자, 한적한 어느 이탈리아 시골 마을에 드라마 같은 데서나 볼 수 있는 커다랗고

육중한 철문이 달린 건물이 보였다. 다가가서 주소를 살펴보니 우리가 찾던 바로 그곳이었다. 아… 제대로 찾아오긴 했는데 신부님이 계실까. 무작정 벨을 눌렀다. 인터폰으로 이탈리아어가 들려왔다. 우리는 무작정 신부님 이름을 댔다. 철커덩…. 무거운 자물쇠가 풀리는 소리가 나더니 철문이 열렸다. 우리는 아주 넓은 마당을 가로질러 건물 안으로 들어갔다.

남자 성직자들만 사는 수도원에 여자 둘이 와서는 손에 꼭 쥔 쪽지를 들이밀며 신부님을 찾으러 왔다고 하니 접견실 같은 곳으로 안내하며 잠시 기다리라고 했다. 아… 제대로 찾아왔구나! 신부님이 여기 계시는구나. 안도의 숨을 내쉬며 수도원에서 내어준 차를 마시는데 어제 소지품 조심하라며 손을 흔들어주었던 신부님이 2층에서 내려왔다. 그제 처음 만나서 함께 식사하고 헤어진, 사실 생판 모르는 것이나 다름없는 분이 마치 20년은 만난 친구처럼 가깝게 느껴졌다.

눈물이 핑 도는 것을 꾹 누르고 사정을 조곤조곤 설명하는데 마침 수도원장님이 외출했다 돌아왔다. 토론토에서 유학한 적이 있어 영어를 잘하는 수도원장님이 자초지종을 듣고는 수도원 소유의 꼬마 자동차를 내주며 신부님께 빨리 도와주라고 하셨다. 덕분에 우리는 수도원에서 내어준 꼬마 자동차를 타고 또또민 박까지 와서, 신부님과 함께 급행으로 신청해놓은 서류들을 찾아다닐 수 있었다. 그 외에도 신부님은 주이탈리아 미국대사관에 전화를 해주는 등 여러모로 우리를 도와주었다. 여권을 만들기 위해 영사관으로 갔던 팀도 민박집 아주머니의 예상과는 다르게 바로 다음 날 여권을 찾는 기적 같은 일을 만들어냈다. 우린 이렇게 여러 고마운 분들의 도움으로 여권과 비자를 제때 발급받고, 프랑크푸르트에서 출발하는 귀국 비행기에 무사히 몸을 실을 수 있었다.

오래전 이야기지만 여전히 믿기 어려운 일이며, 동시에 사람의 인연이 얼마나 많은 일을 해낼 수 있는지를 깨달았던 중요한 경험이었다. 당시 우리 일행 중 유일하게 가톨릭 신자였던 나는 미국에 가자마자 바로 신부님께 감사 편지와 함께 찍었던 사진을 인화해 보내드렸다. 그리고 그때의 인연으로 지금도 여전히 털보 다미아노 신부님과 연락하며 지낸다. 신부님은 지금 페루 오지에서 선교 활동을 하고 있다. 이 글을 쓰면서 새삼 감사함을 느낀다. 목적했던 스위스는 가지 못했지만, 스위스의 절경에서는 배울 수 없는 헌신과 사랑을 배웠다고 생각한다. 살아가는 동안 한번쯤은 나처럼 어려운 일을 겪는 사람을 도움으로써 그 아름다운 빚을 갚는 날이 오겠지.

영화 터미널

*   튀르키예 패키지 여행을 마치고 집으로 돌아오는 날, 이스탄불에서 오전 7시에 이륙한 비행기는 2시간 30분 후 우리 일행을 네덜란드 암스테르담 스히폴공항에 내려놓았다. 인천공항행 비행기가 오후 7시 30분 출발 예정이라 공항에서 출국 수속을 마치고도 시간이 많이 남아 우리는 암스테르담 시내 구경을 하기로 했다.

여행사에서 미리 준비한 대형버스를 타고 풍차마을로 유명한 잔세 스칸스Zaanse Schans에 갔는데, 코끝을 자극하는 강렬한 신 냄새로 우리를 맞아준 치즈 공장 안에는 만화영화 〈알프스 소녀 하이디〉에서 자주 봤던 둥글고 커다란 치즈 덩어리들이 선반 위에 나란히 놓여 있었다. 얼마나 먹음직스러워 보이던지 그 자리에서 한 조각 잘라 먹고 싶은 마음이 들 정도였다. 바다를 메워 땅을 만든 네덜란드의 지리적 조건 때문에 발달했다는 나막신 판매장에서 직접 신을 만드는 신기한 장면도 구경할 수 있었다.

그렇게 시간을 보내다 밖을 보니 공항에 도착했을 때부터 내리던 눈발이 더욱 거세져 있었다. 스히폴공항에서 한 시간이면 다녀오는 잔세 스칸스를 둘러본 뒤 암스테르담으로 돌아와 점심을 먹고 나니 두 시간쯤 여유가 있었다. 운하가 흐르는 암스테르담의 눈 오는 풍경이 봄을 향해 모든 것이 바삐 움직이는 2월의 모습답지 않게 고즈넉하게 다가왔다.

걸음을 옮길 때마다 신발이 눈 속에 파묻히는 바람에 우리는 시내 구경을 접고 카페에 들어가 따뜻한 초콜릿 음료를 시켰다. 따끈한 음료를 마시며 커다란 통창 밖으로 설경을 내다보는 재미가 썩 괜찮았는데 일행이 조금 여유를 두고 공항으로 돌아가자고 제안했다.

공항에 와서는 게이트 앞에서 꾸벅꾸벅 졸다가 시간에 맞춰 비행기에 올라탔다. 드디어 집에 가는구나. 새벽부터 눈 오는 거리를 종종거리며 다녔더니 몸이 물먹은 솜처럼 무거웠다. 의자에 몸을 파묻고 출발을 기다리는데 비행기가 연착이란다. 한참을 기다려도 비행기는 움직일 기미가 보이지 않았다. 활주로 문제로 출발이 지연되고 있다는 기내방송이 몇 차례 나오더니 안 되겠는지 승무원들이 저녁 식사를 서빙했다. 유럽 비행기의 장점 중 하나는 식사 중 곁들여 나오는 와인의 컬렉션이 좋고 인심 또한 후하다는 것이다. 추운 날씨에 길거리에서 한참을 떨고 발이 푹푹 박히는 눈길을 다니느라 고생한 몸에 와인 한잔이 흘러들어가니 솔솔 잠이 왔다. 비행기야 이미 탔고 밥도 먹었으니 잠이나 자자 하고 달콤한 수면에 빠져들었는데 일행이 나를 깨웠다. 잠이 달긴 달았나 보네. 벌써? 하고 눈을 떠보니 웬걸? 비행기는 아직 출발조차 못한 상황이었다. 그러더니 20년 만에 내린 폭설로 비행기가 뜰 수 없다며 모두 내리란다. '자다가 봉창'이라

는 우리나라 속담이 딱 어울리는 상황이었다.

내몰리듯 쫓겨 비행기에서 내리니 승무원들과 기장들은 우르르 가방을 들고 어디론가 가버렸다. 게이트에 항공사 직원도 없고 물어볼 데도 없어 일단 공항 청사로 나와 알아보니 그날 비행기 운항이 금지되었다며 내일이나 출발할 거라고 했다. 그런데 이건 천재지변이라 항공사에서 호텔을 내어줄 의무가 없으므로 알아서 밤을 지새워야 한다네. 주변을 둘러보니 모든 비행기가 취소되어 공항 안은 수천 명의 사람들로 순식간에 북적이기 시작했다. 한꺼번에 쏟아져나온 사람들이 모두 들어갈 수 있는 숙소도 없을 뿐더러 늦은 시간에 눈 쌓인 시내로 나가는 것도 무모한 일이었다. 배는 안 고팠지만 추위를 견디기가 어려웠다. 2월인데도 환기를 위해 에어컨을 가동하는 바람에 공항 내부가 추웠는데 가방은 이미 수하물로 부친 상태라 꺼내 입을 옷도 없었다. 난감한 상황이었다. 이럴 줄 알았으면 기내에 있는 담요라도 가지고 내리라 하지…. 결국 우리는 공항 한구석에 쭈그리고 앉아 밤을 지새워야 하는 어처구니없는 신세가 되었다. 당시는 스마트폰이 없던 시절이라 집에 연착을 알리려면 공중전화를 이용해야 했는데 그마저도 끝이 안 보일 정도로 줄이 길었다.

그런데 어려운 상황에 처하면 사람들의 내면 세계가 보이는 신기한 경험을 하게 된다. 이번 패키지 여행을 함께했던 80대 할머니 동창 네 분은 카파도키아처럼 다니기 어려운 곳도 너끈히 다니더니 공항에 꼼짝없이 갇힌 상황에서도 화장실에 가서 세수하고 인솔자가 사온 햄버거도 반은 먹고 반은 아침에 먹으려고 남겨두는가 하면, 이왕 이리 된 것 어쩌겠누 하며 웃으셨다. 춥고 딱딱한 바닥에서 자야 하는데도 힘든 내색 없이 상황을 받아들이는 모습을 보며 이런 게 바로 연륜이구나, 감탄이 절로 나왔다. 저렇게 정신과 신체가 강건하니 그 연세에 직항 패키지 여행도 아니고 갈아타야 하는 불편한 여행도 감당할 수 있다는 걸 그날 배웠다.

일행 중 오누이인 병수와 민경이는 여행 중에도 할머님들 짐을 들어드리고 사진을 찍어드리는 등 이쁜 짓을 많이 하더니, 공항에서도 여동생은 오빠가 더 먹어야 한다며 자기 음식을 나누어주고 오빠는 여동생이 춥다며 외투를 벗어주는 등 훈훈함을 자아냈다. 볼수록 흐뭇한 남매였다.

그 와중에 국가별 여행자들의 특징도 관찰할 수 있었다. 일단 중국인들은 엄청 시끄러웠다. 잠자리를 미리 맡아두고는 멀리 떨어져 있는 일행을 아무렇지 않게 큰소리로 불러댔다. 중국어를 알아들을 수는 없지만 말투가 왠지 계속 화가 나 있는 사람들 같았다. 일본인들은 조용히 자기 자리를 찾아서 상황이 바뀌기를 기다렸고, 서양인들(난 유럽 사람과 미국 사람을 구분하지 못한다. 아마도 서양인들이 일본인과 한국인을 구분하지 못하는 것과 같은 이치일 것이다)은 이런 경험이 많아서인지 어느새 의자들을 모두 차지하고 누워 있었다. 마치 방법이 있냐 자는 수밖에, 라고 말하는 것 같았다.

다음 날, 비행기는 예정보다 다섯 시간이 지난 뒤에야 출발할 수 있었다. 조국이 쿠데타로 없어져서 다시 돌아갈 수도, 미국으로 입국할 수도 없게 된 빅터 나보스키(톰 행크스 분)가 공항에 머물며 겪는 에피소드를 담은 영화 〈터미널〉이 난데없이 떠올랐다. 암스테르담 스히폴공항에서 29시간 동안 촬영한 우리의 영화는 그렇게 끝이 났다.

그
밤
우
리
는

*　　　　　　　지금 생각해보면 쉽게 엄두를 낼 수 있는 곳이
아니었는데, 그때는 기회만 되면 무작정 길을 나서던 시절이어서
인지 이집트 여행 기회가 주어지자마자 망설이지 않고 신청했
다. 그때는 그랬다. 낯선 여행지에 대한 동경에 일부터 저지른 다
음 나머지 문제를 수습하던 나는 무모한 여행자였다. 여기서 '나
머지 문제'란 당시 회사에 다니고 있던 내가 자리를 비울 때 생
길 수 있는 여러 가지 업무와 여러 날 집을 비우면 어쩔 수 없이
어머님께 도움을 청해야 하는 난처한 상황 등을 말한다. 그렇게
문제들이 뻔히 보이는데도 나는 어딘가로 떠난다는 설렘을 이기
지 못해 모든 불편을 감내하곤 했다.

　　큰아이가 초등학교 6학년 때였다. 관광 분야에 종사하는 사람
이라면 누구나 신청할 수 있는 '이집트 일주'라는 흔하지 않은 여
행 일정이 공지되었다. 역사와 문명의 나라 이집트라면 딸에게
교육적으로도 도움이 될 것 같았고, 결혼 후 직장생활을 계속하
느라 딸아이와 충분히 함께 있어주지 못한 것이 늘 미안하던 터
라, 아이와 오롯이 함께할 수 있다는 생각에 망설이지 않고 여행
을 신청했다. 책으로만 접하던 역사의 현장을 직접 보고 체험할
수 있다는 것은 딸아이뿐만 아니라 나에게도 흥미진진한 경험
이 될 것 같았다. 그런데 모든 일정을 마치고 한국에 돌아와 되

새겨보니 피라미드, 스핑크스, 왕가의 계곡 등 신비로움을 간직한 관광지들보다 내 기억 속에 더 강렬하게 남은 것은 화이트 사막에서의 숙박이었다. 모닥불과 북소리와 노랫소리, 별빛이 어우러지던 사막에서의 하룻밤….

우리는 이집트에 도착한 뒤 베두인들이 준비한 지프에 몸을 실었다. 사막에서 사용할 천막과 사람들이 먹을 음식이 잔뜩 실린 여러 대의 지프는 한 줄로 사막의 모래길을 가르며 나아갔다. 머리에 터번을 두른 베두인들도 신기했지만 1시간 30분가량 달려 도착한 화이트 사막 한가운데에 차를 둥글게 주차한 뒤 세운 커다란 천막의 위용도 놀라웠다. 우리는 천막 안에 아라비안나이트에 나올 법한 화려한 카펫을 깐 뒤 그늘을 찾아 앉았다.

그동안 베두인들은 감자를 깎고 당근과 콩과 닭을 손질해 저녁 식사를 준비했다. 30여 명이나 되는 식구의 식사를 뚝딱뚝딱 어찌나 빨리 준비하는지 옆에서 구경하면서도 여간 신기한 게 아니었다. 베두인들은 재료 준비가 끝나자 능숙하게 불을 피우고 넓은 철판을 그 위에 올려놓더니 반 마리짜리 닭을 툭 던져 굽기 시작했다. 식사가 준비되는 동안 아이들은 모래밭을 뛰어다니고 어른들은 모닥불 앞으로 모여들었다.

사막은 낮에는 찌는 듯 무덥지만 해가 진 후에는 기온이 뚝 떨어져 불 앞으로 모이지 않을 수가 없다. 물도 넉넉하지 않은 상황에서 모래나 검불 하나 묻히지 않고 깔끔하게 준비한 저녁. 각 접시에는 작은 닭 반 마리와 삶은 채소와 이집트산 쌀로 만든 밥이 올려져 있었다. 우리는 일회용 포크를 사용했지만, 베두인들은 한손으로 접시를 들고 다른 한손으로 닭을 발라 먹었다.

어느새 해가 저물고 다시 여흥의 시간이 되자 베두인이 사람들에게 물담배를 나누어주었다. 둥글게 모여 앉은 사람들의 입에서 뿌연 연기가 뿜어져나왔다. 그들이 가져온 북으로 흥겨운 리듬을 만들어내자 춤꾼인 선배 언니가 자리에서 일어나 두르고 있던 스카프를 꺼내 들더니 벨리댄스를 추었다. 그 후로도 전통 벨리댄스를 여러 번 봤지만 베두인의 북소리에 맞춰 스카프 하나로 우리를 매료시켰던 언니의 벨리댄스가 단연 으뜸이었다.

어른이 한바탕 춤을 추고 나니 아이들도 뛰어나와 손을 잡고 춤을 추기 시작했다. 그렇게 분위기가 점점 고조되던 중 갑자기 북소리가 멈췄다. 자리에 모인 사람들이 일제히 쳐다본 곳에는 믿을 수 없게도 사막여우가 있었다. 음식 냄새를 맡고 다가온 것이었다. 사막여우는 사람을 해치지는 않는다는데 베두인들은 이런 일을 자주 겪었는지 플래시로 여우의 발을 비췄다. 플래시를 끄면 움직였다가 불빛을 비추면 걸음을 멈추는 사막여우는 다소 비현실적이면서도 귀여운 인형처럼 느껴졌다. 플래시가 꺼질 때마다 소리 없이 걸음을 옮기던 사막여우는 어느 순간 모습

을 감추었다. 사막여우가 많이 서식하고 있지만 매번 만날 수 있는 것은 아니라는데 우리는 운 좋게 사막여우와 조우한 것이다.

베두인들이 다시 북을 치며 흥을 돋우는데 한국인으로 보이는 한 여성이 우리 쪽으로 걸어왔다. 우리 일행은 아닌데 어디에서 온 것일까? 모닥불 앞까지 온 여성이 우리 텐트에서 같이 자도 괜찮겠냐고 물었다. 혼자 사막 투어를 신청해서 왔는데 가이드가 자꾸 치근덕거린다면서 함께 자게 해달라고 부탁했다. 아니나 다를까 잠시 후 험상궂게 생긴 남자 하나가 우리 쪽으로 오더니 그 여성에게 텐트로 돌아가자고 재촉했다. 아이고, 이 여인 겁도 없네. 우리가 그 여성과 함께 자겠다고 하자 가이드는 자신의 텐트로 돌아갔다. 우리 일행을 가이드하는 베두인들이 간혹 이런 일이 일어난다고 말해주었다.

사람들이 하나둘씩 텐트로 들어가고 활활 타오르던 모닥불의 기운도 약해지자, 남은 사람들은 더 가까이 모여 꺼져가는 불을 지피듯 이야기꽃을 피웠다. 무심코 올려다본 하늘에는 CG로 구현했음직한 광대한 별무리가 그들먹했다. 한국에서는 경험해보지 못한 장관이었다. 불빛이라고는 우리 앞에 놓인 작은 모닥불 하나뿐 어디에도 인공 불빛은 존재하지 않았다.

누군가 작은 목소리로 부르는 노래가 모닥불의 타닥거리는 소리에 맞춰 흐르기 시작했다. 이 세상 사람이 사막에서 별을 본 이와 그렇지 않은 이로 나뉘는 순간이었다. 어느 것과도 비교할 수 없는 자연의 아름다움 그리고 그것에 겸손하게 순응하는 사람의 노랫소리가 어우러진, 잊을 수 없는 사막에서의 하룻밤이 저물어 갔다. 나는 틀림없이 그 밤, 그곳에 있었다.

왜 나는 너를 사랑하는가?

알랭 드 보통 ―

*　　　　　　　　아이들과 약속한 유럽 배낭여행은 큰아이가 중학교 2학년, 작은아이가 초등학교 3학년이 되던 해에 이루어졌다. 나와 두 딸 그리고 선배 언니와 언니 딸, 이렇게 다섯 명은 프랑크푸르트에 도착해서 바르셀로나로 가는 비행기를 기다리고 있었다. 들뜬 마음으로 오랜만에 여유 있게 수다를 떨고 있는데, 이상하게도 출발 시간이 가까워졌는데도 게이트에 사람이 보이지 않았다. 항공사에서 근무하는 선배 언니와, 여행은 남부럽지 않게 다닌 내가 수다 삼매경에 빠져 비행기 탑승 게이트가 바뀐 것을 모르고 있었던 것이다. 항공사에서 방송으로 우리를 찾고 있다는 것을 겨우 알아챘을 때는 출발 시간이 얼마 남지 않았을 때였다. 다섯 여인은 있는 힘을 다해 공항을 질주했다. 비행기 문이 닫히기 직전 우리는 거친 숨을 몰아쉬며 비행기에 올랐다. 두 시간 남짓 타야 하는 비행기는 좌우에 각각 세 자리가 있는 이코노미석이었는데, 나와 두 딸아이가 나란히 앉고 선배 언니와 언니 딸은 키 큰 외국인과 함께 앉았다. 정신없이 비행기에 오른 터라 안도의 한숨을 내쉬며 아이들을 챙기는데, 외향적인 언니는 그새 낯선 이방인과 이야기꽃을 피우고 있었다.

드디어 바르셀로나에 도착. 그런데 아무리 기다려도 짐이 나오질 않았다. 짐을 기다리며 컨베이어 벨트 주변을 서성이는데 언니가 불쑥 이런 말을 던졌다. "혜경아, 나 비행기에 같이 탄 사람을 내일 다시 만난다면 그 사람과 운명일 것 같아!!" 영화 대사도 아니고 이게 웬 뜬금없는 이야기인가?

들어보니 언니는 바르셀로나로 오는 내내 그 키 큰 외국인과 대화를 나누었는데 말도 잘 통했고 마음이 설렜다고 한다. 당시 언니는 배우자 없이 딸아이와 둘이 살고 있었으니 누구를 만나도 상관없긴 했지만, 비행기에서 겨우 두 시간 만난 남자에게서 어떻게 그런 설렘을 느낄 수 있는 거지? 더구나 언니는 그 사람과 전화번호나 이메일도 교환하지 않은 채 그다음 날 우리가 바르셀로나 분수 쇼에 갈 거라고만 말했단다. 그런 운명적인 만남을 믿는 언니가 낭만적으로 보이기도 했고 순수해 보이기도 했다.

언니와 달달한 썸남 이야기로 한참을 보내고 있는데도 여전히 짐은 나오지 않았다. 우리 짐뿐만 아니라 다른 승객의 짐들도 나오지 않은 채 여전히 빈 컨베이어 벨트만 빙글빙글 돌고 있었다. 과연 이 여행을 무사히 끝낼 수 있을까! 결국 짐은 평소보다 한참 늦게 컨베이어 벨트에 모습을 드러냈는데 다들 짜증을 내기는커녕 손뼉을 치며 반겼다. 착하고 여유 있는 사람들 같으니라고. 웃음이 절로 나오는 순간이었다.

우리는 계획대로 다음 날 바르셀로나 분수 쇼에 갔다. 수천 명이 모이는 쇼라고 했는데 생각보다 사람이 많지 않아 다시 찾아보니 우리가 시간을 착각한 것이었다. 쇼는 6시에 시작하는데,

우리는 한 시간 이른 오후 5시에 도착했던 것이다. 우리는 시작 시간이 되면 사람이 많아질 테니 차라리 잘됐다면서 쇼가 잘 보일 것 같은 자리에 앉아 살랑살랑 불어오는 바람과 지중해의 따뜻한 햇볕을 즐기기로 했다. 10분 정도 지났을까? 어제 비행기에서 만난 그 키다리 아저씨가 우리를 향해 웃으며 걸어온다. 전날 언니가 시간을 잘못 알려줘서 그분도 5시에 맞춰 온 모양이었다. 나와 언니는 동시에 눈을 마주쳤다. 필연적인 우연을 뜻하는 'Serendipity'가 지금 같은 상황에 쓰는 말일까? 시간을 잘못 안 덕분에 사람이 많지 않아 쉽게 찾을 수 있었는지도 모르니까. 공연히 내 마음이 설렜다. 여섯 명이 나란히 앉아 분수 쇼를 관람하는데, 언니와 키다리 아저씨는 뭐가 그리 재미있는지 연신 웃으며 이야기보따리를 풀어놓고 있었다. 언니 딸은 뾰로통한 모습이었다. 난 그 모습이 그저 재미있기만 했다.

분수 쇼가 끝나자 키다리 아저씨가 함께 저녁을 먹자고 청했다. 나는 언니에게 귓속말을 했다. "언니, 아저씨랑 둘이 다녀와요. 내가 아이들 데리고 저녁 먹고 호텔 들어가 있을게요." 혼자인 언니가 운명일지도 모를 남자를 만났으니 바르셀로나에서 멋진 추억을 갖게 해주고 싶었다. 그러나 당시 중 2였던 언니 딸은 엄마가 아저씨와 단둘이 저녁을 먹는 것도, 다 같이 저녁을 먹는 것도 싫다고 했다. 나도 딸만 둘을 키우지만 역시 딸이 무섭긴

한가보다. 언니는 두 번 고민하지 않고 정중하게 어렵겠다며 거절했다. 아, 이게 무슨…. 당연히 가야지! 이렇게 만나는 게 쉬운 일이 아닌데 오히려 내가 아쉬울 정도였다. 두 사람의 간절한 눈빛을 보았던 나는 진심으로 도와주고 싶어 둘이 저녁을 먹고 오라고 다시 한 번 권했지만, 언니가 어렵게 시간을 내 딸과 함께 스페인까지 왔으니 딸이 먼저라고 하는 바람에 결국 우리는 아저씨와 헤어져 숙소로 돌아왔다. 이메일 주소만 주고받고는….

우당탕 좌충우돌 아이들과의 유럽 배낭여행을 무사히 마치고 한국으로 돌아온 후 언니는 하와이에 사는 키다리 아저씨 크리스와 메일로 연락하기 시작했고, 나중에 결국 아저씨를 만나러

하와이에 갔다. 언니가 하와이에 다녀오고 나서 얼마 후 우리 둘은 저녁을 함께 먹었다. 언니는 살면서 그렇게까지 가슴 떨리는 경험은 처음이었다고 했다. 하와이에서 너무 설레고 황홀한 시간을 보냈다며 다음에는 싱가포르에서 만나기로 약속했단다.

그렇게 국제 연애를 시작한 지 2년이 지난 어느 첫눈 오는 날, 언니한테 전화가 왔다. "혜경아, 나 방금 미국대사관에 가서 혼인신고하고 나오는 길이야!" 이렇게 언니는 바르셀로나로 가는 비행기에서 만난 키다리 아저씨와 결혼에 성공했다. 10년이 지난 지금도 여전히 아저씨를 만날 수 있었던 것에 감사 기도를 올린다는 언니는 가끔 나 덕분에 만났다며 내게 공을 돌렸다. 다시 태어나도 키다리 아저씨와 결혼하고 싶다며 생긋 웃는 언니를 보며 내 마음도 덩달아 따뜻해졌다. 내 덕은 아니지만, 누군가의 만남부터 결혼에 이르는 과정을 함께하며 감동하고 행복해할 수 있었다는 것이 감사하다.

바르셀로나 여행을 다녀오고 나서 알랭 드 보통의 유명한 책 『왜 나는 너를 사랑하는가』를 읽었다. 주인공이 언니처럼 클로이라는 여자를 비행기 안에서 만나 사랑에 빠지는 내용이었다. 소설 속에서는 결국 주인공이 클로이와 헤어지면서 자신들의 사랑은 비현실적이었다고 말한다. 하지만 알랭 드 보통은 틀렸다.

아를
고흐의 도시

*   여행의 중반에 들어설 즈음 곁에 있는 여행 메이트가 잘 보이지 않을 때가 있다. 어느 순간 여행이 일종의 의식처럼 생각되고 그 의미에 몰입하게 되기 때문일까. 다른 이와 함께 시작하는 여행인지 아니면 그냥 나 혼자 나선 길 위에 있는 건지 스스로 구분하고 싶지 않아질 때쯤 프랑스 아를에 도착했다.

고흐가 한 시절을 지낸, 그래서 고흐의 도시로 알려진 아를은 프랑스 남부의 작고 아름다운 도시다. 2010년 기차로 지중해를 여행하고 있던 나는 바르셀로나를 시작으로 지중해 해안을 따라 프랑스로 넘어와 아를에 도착했다. 도시가 얼마나 작고 고즈넉한지 역 앞에는 유럽 특유의 울퉁불퉁한 돌길만 깔려 있을 뿐 교통수단이 통 보이지를 않았다.

나는 어느 곳을 가든 도착하면 제일 먼저 호텔을 찾아 짐을 내려놓고 가벼운 차림으로 여행을 시작한다. 아를에서도 일단 예약한 호텔부터 찾아야지 싶었다. 반복되는 패턴이면서도 늘 긴장되고 어려운 순간이다. 큰 도시 같으면 택시를 타고 주소대로 찾아가면 되지만 이렇게 작은 도시는 걸어서 숙소를 찾아야 할 때가 많다. 그럴 때면 돌로 포장된 길에 캐리어의 바퀴가 부딪쳐 나는 퉁탕거리는 소리가 무슨 신호처럼 내 발길에 따라붙는다. 때로 그 소리는 이 여행이 만만치 않으리라는 걸 암시하기도 한다.

택시도 버스도 타지 못한 우리는 일단 아를의 중심지인 올드타운까지 20분이 넘게 짐을 끌고 걸어갔다. 지금 같으면 구글로 바로 척척 찾아가겠지만 당시엔 종이 지도를 들고 호텔 바우처를 보여주며 찾을 수밖에 없었는데, 동네 주민들은 우리가 예약한 호텔이 어딘지 도통 알지 못했다.

속절없이 두어 시간이 훌쩍 지나갔다. 이렇게 답답할 데가 있나. 호텔을 예약했는데 어디인지 알 수가 없다니…. 이 동네 다른 호텔을 잡아 하루 자고 가는 것도 대안이 될 수 있었지만, 그러면 호텔 예약비를 날리게 되니 호주머니가 가벼운 배낭 여행자로서 고민이 많아질 수밖에 없었다.

마지막 수단이라 생각하고 동네 입구에 있던 작은 호텔에 들어가 예약한 호텔 이름과 주소를 말하니 친절한 직원이 한참을 찾아봐주었다. 그러더니 이 동네가 아니라며 택시로 30분 이상 가야 한다는 것이다. 그분은 호텔까지 갔다가 다시 올드타운을 관광하려면 번거로울 테니 짐을 맡기고 구경을 다녀오라고 했다. 그러면서 자기 호텔에서 쓰는 관광지도까지 펼쳐 가볼 만한 곳을 알려주었다. 이렇게 고마울 데가 있을까….

짐을 놓고 나오니 한결 몸이 가벼워졌다. 비로소 여행할 수 있는 몸이 다시 갖춰진 것. 우리는 근방에 있다는, 고흐의 그림 〈밤의 카페 테라스〉 속 장소를 가기로 했다. 프랑스 남부의 시골 마을 아를은 첫 방문이었지만 마치 고향에 온 것처럼 포근한 느낌이 들었다. 이게 다 고흐의 힘이겠지.

일단 시끌벅적한 단체 여행객이 찾는 관광지는 아닌 것 같아 다행이라는 생각이 들었다. 차분하고 조용한 아를의 골목을 걷다보니 펜싱과 음악을 좋아하던 고갱에 비해 걷기와 독서, 글쓰기, 자신이 읽은 책의 내용을 한자리에 앉아 이야기하길 좋아했던 고흐가 종일 수다를 떨며 구석구석 지켜보았을 카페를 그린 건 당연한 일인지도 모른다는 생각이 들었다.

〈밤의 카페 테라스〉는 처음엔 〈플라스 뒤 포럼의 카페 테라스〉라고 불렸단다. 포럼 광장의 카페 테라스라는 뜻이다. 작은 광장일지언정 광장은 분명 그 자리에 있었고, 노란색 차양이 두드러지는 그림 속 카페는 '반 고흐 카페'라는 이름으로 여전히 영업 중이었다. 난 옆 카페에 앉아 고흐가 보았을 풍경을 상상하며 100년도 넘은 그림 속의 카페를 천천히 둘러보았다. 중천에 있던 해가 노을 속으로 사라질 때까지 그 자리에서 그림을 그리고 있었던 고흐와 함께 호흡하듯 그렇게.

아를의 카페에서 자주 볼 수 있는 압생트absinthe는 향쑥의 라틴어 압신티움에서 유래한 이름의 술이다. '녹색의 악마' 또는 '녹색의 요정'으로 불리는 압생트는 형광초록색을 띠는데, 19세기에 포도가 병충해를 입어 와인 농사가 엉망이 되자 와인 대체재로 제조되었다고 한다. 쑥과 회향 등의 허브로 만든 독주로 알코올

도수가 55~75도에 달하는데 와인보다 싸고 금방 취기가 올라 대중적으로 인기를 누린, 가난했던 고흐도 지극히 사랑했던 술이다. 그런데 저렴하게 구할 수 있는 쑥에서 추출되는 투존이라는 성분이 신경에 영향을 주어 환각이나 정신 착란을 일으킨다는 이유로 한때 판매가 금지되기도 한 양면성을 가진 술이다.

고흐가 된 듯한 기분을 내보고 싶어 압생트를 한잔 하고 싶었지만, 처음 방문한 도시인 데다 아직 숙소도 찾지 못한 상황이라 골목 안 슈퍼마켓에서 샴페인 한 병만 사 들고 고맙게도 짐을 맡아주었던 호텔을 찾아갔다. 호텔 직원이 다시 우리가 예약한 호텔을 찾아봐주었는데, 문제는 그곳을 가는 방법은 택시밖에 없다는 것이었다. 그는 콜택시를 잡아주기 위해 여기저기 전화를 하는 수고를 마다하지 않았는데 일요일이라 아무리 기다려도 택시가 잡히지 않았다. 그러기를 한참, 우리를 위해 이리저리 알아봐주던 천사 같은 그 직원이 안 되겠다며 잠시만 기다리라고 했다. 여길 다른 사람에게 잠깐 맡기고, 집에 있는 동생에게 차를 가져오라고 해서 직접 데려다주겠다는 것이었다.

잠시 기다리니 직원의 동생이 자동차를 가지고 왔다. 그렇게 힘들게 찾아간 호텔은 지금으로 치면 호텔이 아니라 에어비앤비 정도의 개인 주택으로, 들판 한가운데 자리한 부티크풍의 숙소였다. 프로방스 하면 자연스럽게 떠오르는, 허브가 지붕에서 주렁주렁 매달려 늘어져 있는 운치 있는 건물이었다. 마당에는 예쁜 분수가 있고 북슬북슬한 털에 순둥순둥한 눈빛을 한 이 집에 꼭 어울리는 반려견까지 있었다. 정말 그림 같은 집이었다. 사진만 보고 덜컥 예약해버린 대가를 단단히 치렀지만 그 모든 고생을 잊어버릴 정도로 아름다운 곳이었다.

더 감동적이었던 것은 우리를 이 집에 데려다준 분들이 마치 보호자처럼 우리에게 차편이 없으니 다음 날 기차역까지 데려다주면 좋겠다고 주인에게 부탁의 말까지 전한 것이었다. 그러고

는 숙소를 찾게 돼서 다행이라며 우리에게 악수를 건넸다. 그들의 마음씀씀이가 너무나도 고마워, 나는 여행 중 힘들 때면 먹으려고 가져온 홍삼을 선물로 건넸다.

여행을 다니면서 유럽인들은 동양 사람을 무시한다는 둥 프랑스 사람들은 불친절하다는 둥 좋지 않은 얘기를 많이 들었는데 난 그런 말들을 믿지 않는다. 내가 겪은 유럽 사람들은 대부분 친절했고, 그날도 믿기 어려운 도움을 받았기 때문이다.

다음 날 아침 집주인은 우리를 아를역까지 데려다주는 호의를 베풀었다. 역에서 우리를 향해 힘차게 손을 흔들던 그분의 모습이 지금도 눈앞에 아른거린다. 그 뒤로는 나 역시 누군가 길을 물어오면 무조건 갈 수 있는 곳까지 동행하며 길을 알려준다. 그들이 보여준 친절에 비하면 턱도 없지만 말이다.

반 고흐는 동생에게 쓴 편지에서 〈밤의 카페 테라스〉를 이렇게 묘사한다.

"푸른 밤, 카페 테라스의 커다란 가스등이 불을 밝히고 있어. 그 위로는 별이 빛나는 파란 하늘이 보여. 바로 이곳에서 밤을 그리는 것은 나를 매우 놀라게 하지. 창백하리만치 옅은 하얀빛은 그저 그런 밤 풍경을 제거해버리는 유일한 방법이지. … 검은색을 전혀 사용하지 않고 아름다운 파란색과 보라색, 초록색만을 사용했어. 그리고 밤을 배경으로 빛나는 광장은 밝은 노란색으로 그렸단다. 특히 이 밤하늘에 별을 찍어 넣는 순간이 정말 즐거웠어."

아를에서 느낀 내 감정이 이랬다. 사람을 색으로 표현하기 어렵지만 검은색은 없고 신비로운 파란색과 보라색, 초록색처럼 밝고 친절한 사람들로 가득했던 기억. 그들의 아름다운 마음이 밤하늘의 별처럼 빛났다. 밤하늘의 별은 세상 어디에서나 볼 수 있으니 별을 볼 때마다 그들에게 고마워하는 마음을 잊지 않고 그 마음을 다른 이를 향한 친절로 갚기로 한다.

플리트비체

크로아티아 자다르와

*   크로아티아 중부의 도시 스프릿을 출발하여
중간에 엎어지지 않고 열심히 달려와준 버스는 여행객들과 짐
을 모두 자다르^{Jadar} 터미널에 내려놓고 또 어딘가로 부지런히 떠
났다. 두브로브니크^{Dubrovnik}에서 예정에 없던 1박을 더 하고 나
니 그 뒤의 여정들이 밀리면서 전체 일정이 좀 꼬이고 있었다.

　자다르는 별 준비 없이 심지어 숙박 예약도 하지 않고 무조건
오게 된 상황이라 터미널에 우리를 내려놓고 멀어지는 버스 뒷
모습을 보면서 한동안 멍하니 서 있었다. "아니지, 그래도 이렇게
맥을 놓고 있어선 안 되지." 우린 일단 숙소를 찾아보기로 했다.
당일 예약이라 사이트가 아닌 현지인의 도움을 받기로 했다. 터
미널 안 매표소에서 일하는 분에게 혹시 숙소 예약을 도와줄 수
있는지 물으니 잠시 기다리라고 했다. 그 순간 일반 호텔이 아니라
왠지 현지인이 사는 집에서 숙박을 할 수 있지 않을까 하는 기대
감이 들었다. 여행이란 이처럼 매 순간 환상과 접속하는 일이다.

　한참을 기다리니 풍채가 좋고 짧은 커트 머리에 판초 비슷한
옷을 입은 아주머니 한 분이 숙소를 찾는다는 얘길 듣고 왔다며
차로 가자고 했다. 지금 생각해보면 정말 겁도 없었다. 그 사람이
누군 줄 알고 무턱대고 따라갔는지. 여하튼 주차장으로 가 그분
차를 보니 HYUNDAI라는 상표부터 눈에 들어왔는데, 도색이
다 벗겨지고 과연 움직일 수 있을까 하는 생각이 들 정도로 낡

은 차였다. 하지만 딱히 대안이 있는 게 아니어서 길게 생각하지 않기로 했다.

터미널에서 차로 15분쯤 달려 도착한 곳은 가난한 보스니아 사람이 운영하는 민박집이었다. 차만큼이나 모든 시설이 낡았고, 11월이라 날씨가 제법 추웠는데 샤워 중에 한번씩 찬물이 나왔다. 다른 숙소를 찾기도 어려울 것 같고 날도 저물어서 그냥 머물기로 했지만, 사실 집은 한숨이 절로 날 만큼 춥고 을씨년스러웠다. 그나마 친절한 아주머니 덕에 마음이 따뜻해졌는데, 그녀는 우리에게 주변 맛집과 가볼 만한 곳 등을 표시한 지도를 건네면서 자기 차로 시내까지 데려다줄 테니 관광을 마치고 돌아올 때는 택시를 타든 버스를 타든 알아서 오라고 했다. 자다르의 석양은 세계 3대 석양이라고 할 만큼 아름다우니 꼭 보고 오라는 말과 함께.

자다르의 해넘이는 과연 장관이었다. 온 하늘을 붉은빛으로 덮은 웅장한 아름다움을 넋놓고 바라보다가 날이 저무는 것도 모를 정도였다. 바닷물이 들고 날 때마다 파도가 들려주는 천연 오르간 소리, 그 매력적인 저음은 여행자의 눈과 귀를 사로잡았다. 해가 지는 것은 지구 어디서나 볼 수 있는 자연현상인데 자다르의 석양빛은 어쩌면 이리도 곱고 황홀할까. 여행자에게 일몰이 유독 아름답게 느껴지는 것은 아마도 짧다면 아주 짧은 하루라

는 시간 동안 제각기 다른 인상과 자극을 받으면서 보낸 찰나의 순간들을 추억으로 넘겨야 하는 아쉬움 때문이 아닐까.

자다르의 석양을 구경한 뒤 아주머니가 추천해준 식당을 찾아갔다. 그러나 여행은 예상대로 되지 않는 법. 그 식당이 문을 닫았길래 조금 더 돌아다니다가 다른 음식점으로 들어갔다. 그곳에서 우리는 먹물 파스타와 필레미뇽 스테이크를 주문했는데 짜지 않게 만들어달라고 요청했는데도 조금 짰다. 크로아티아 음식은 대체로 간이 강해서 음식을 주문할 때 소금을 조금 덜 넣어달라고 주문하는 걸 잊지 말아야 한다.

큰 기대 없이 찾아온 도시 자다르에서 멋진 석양을 보고 바다 오르간의 연주도 듣고 저녁까지 먹었으니 이제 숙소로 돌아가야지. 그런데 아주머니가 알려준 버스 정류장은 보이지 않고 지나가는 택시도 없다. 날은 이미 캄캄하고…. 문득 두려움이 밀려왔다. 시내에 있는 호텔이라면 어렵지 않게 찾아가겠지만 주택가 구석에 있는 낡은 민박집을 잘 찾아갈 수 있을지 걱정이 앞섰다. 하지만 방법이 없었다. 나는 지나가는 자동차를 무작정 멈춰 세워 태워달라고 할 만큼 배짱이 큰 사람도 아니었다.

동행한 후배와 기억을 더듬어가며 정처 없이 걷다보니 한 시간쯤 후 주택들이 밀집한 지역에 들어섰다. 하지만 주소만 가지고 도시 주택가에서 집을 찾기란 어려운 일이었다. 여기쯤인가? 아니 저쪽인가? 계속 주택가 골목을 두리번거리던 우리는 어느 이층집 앞에서 화초에 물을 주는 중년의 부인을 보자마자 무조건 도와달라고 했다. 길을 잃었는데 못 찾겠다고 하며 주소를 보여주자 부인은 잠시 기다리라고 하고는 집에 들어가서 딸을 데리고 나왔다. 다시 딸에게 주소를 보여주었더니 그녀는 또 기다리라고 하며 집 안에 들어가 두 명의 남자를 데리고 나오는 것이었다. 모두 여섯 명이 머리를 맞대고 주소가 적힌 종이를 들여다봤지만 답이 나오지 않았다. 혹시 이 동네가 아닌 건 아닐까.

그때 한 사람이 잠깐 기다리라고 하더니 집 안에 들어가 아이

폰과 자동차 키를 들고 나왔다. 그러곤 이 동네가 아니고 아직 한참 더 가야 할 것 같다면서 차로 데려다주겠다고 했다. 와자지껄이라는 단어가 딱 어울릴 만큼, 온 가족이 모두 나와 주소를 검색하고는 역시 아이폰이 좋다면서 자랑하는 모습이 너무 정겨웠다. 2011년은 휴대폰 내비게이션이 널리 이용될 때가 아니었다. 그들은 무료하게 집에 있다가 처음 보는 동양 여자 두 명을 숙소까지 안내하는 특별한 상황이 재미있는지 차에서도 끊임없이 웃었다. 혹시나 걸어가다 어두운 곳에서 들짐승이라도 마주치면 어쩌나 두려움에 떨던 중 이렇게 친절한 가족을 만났으니 기적 같은 일이었다. 차를 타고 한참을 간 후에야 우리는 무사히 민박집에 도착했다. 만약 계속 걸어서 갔더라면 날을 새고도 남을 거리였다.

그렇게 고마운 분들 덕에 무사히 민박집에 도착해 찬물이 섞여 나오는 샤워기와 싸워가며 몸을 씻고 나니 이번엔 다음 날 플리트비체로 가는 버스가 없다는 비보가 기다리고 있었다. 아, 자다르…. 나에게 무엇도 쉽게 허락하지 않는구나. 이를 어쩌지. 민박집 아주머니에게 여쭤보니 일단 기다려보란다. 어디론가 전화를 걸더니 우리를 플리트비체까지 데려다줄 차를 섭외해주겠다고 했다. 여행이 점점 더 흥미로워지고 있었다.

다음 날, 앞니가 하나 빠진(왜 그렇게 그 모습이 선명하게 기억나는지) 할아버지 한 분이 민박집 주인 아주머니의 자동차보다 나을 게 없어 보이는 낡은 현대차를 가져와 집 앞에서 기다리고 있었다. 우리나라의 자랑스러운 자동차를 지구 반대편에서 만난 건 반가운 일임에 틀림없지만 이렇게 낡은 차가 두 시간 이상 걸리는 플리트비체까지 멈추지 않고 달릴 수 있을까 걱정되는 것도 사실이었다. 자다르에 도착한 순간부터 숙소를 구하고 숙소로 돌아오다 길을 잃은 것까지 무엇 하나 생각대로 되질 않았다. 우리는 과연 할아버지 드라이버와 함께 이 도시를 잘 빠져나갈 수 있을까.

우려와 달리 할아버지는 운전에 능숙했고 영어도 간단한 소통이 가능할 정도여서 가는 길이 어렵지 않았다. 게다가 플리트비체의 상황을 잘 아는지 이런 조언도 해주었다. "플리트비체는 국립공원이라 식료품 구입이 어려워요. 슈퍼마켓에 잠시 차를 세울 테니 필요한 식품들을 사도록 해요." 아, 얼마나 고맙고 살뜰한 배려인가. 우리는 도중에 들른 슈퍼마켓에서 혹여 식사를 제대로 할 수 없는 최악의 상황을 고려해 달걀 열 개가 들어 있는 꾸러미와 간단한 간식거리를 샀다. 플리트비체에 도착하니 비수기인 11월이어서인지 사람이 없었다. 입장권을 파는 사람도 없고, 또 무엇보다 이번에도 숙소 예약을 안 하고 이동한 터라 날이 지기 전에 잘 곳을 마련하는 것이 급선무였다.

이번에도 마음씨 좋은 할아버지 드라이버의 도움으로 플리트비체 국립공원 내에 있는 호텔을 예약할 수 있었지만, 주변의 식당은 모두 문을 닫은 상태였다. 침묵의 신이 전세라도 낸 걸까? 플리트비체는 을씨년스러울 정도로 조용했다. 우리는 숙소 구하는 일까지 도와준 친절한 할아버지와 헤어진 후 객실에 짐을 풀었고, 아무튼 요정이 나온다는 아름다운 플리트비체를 구경하기로 했다. 알고보니 이미 겨울로 접어든 시기라 국립공원 전체가 아닌 반 정도만 개방한 것이었다. 이곳은 오후 4시 30분부터 해가 기울기 시작해 5시가 넘으면 진득한 어둠이 깔리기 때문에 우리는 서둘러 걸음을 옮겨야 했다.

반 정도만 개방했다고 해도 워낙 규모가 방대해 구석구석을 보려면 최소한 꼬박 이틀 정도는 걸릴 것 같았다. 숲과 산자락은 낙엽 천지였는데 이 모습을 보니 여름의 녹음이 얼마나 대단했을지 짐작이 되었다. 푹신하게 밟히는 마른 낙엽 소리는 감성을 자극하기에 충분했지만, 여자 둘이 사람이라곤 전혀 없는 깊은 산속 길을 걷자니 사실 좀 무서웠다. 간간이 세워져 있는 멧돼지 출몰을 조심하라는 안내판이 두려움을 배가시켰다. 실제로 산길을 걷다 버스럭거리는 정체 모를 동물의 기척을 느끼고는 혼비백산 뛰어내려오는 해프닝도 있었다.

우린 물기가 얼어 미끄러운 계단을 조심조심 기어올라 전망대

에 다다른 뒤 아래를 내려다보았다. 호수에 구불구불 놓인 좁은 나무다리는 한 폭의 그림처럼 아름다웠고, 수면에 비친 나뭇가지들은 몽환적인 느낌마저 자아냈다. 겨울에도 이 정도라면 녹음으로 온 산이 푸르른 여름에는 요정이 나온다는 말이 나올 만도 하겠구나 하는 생각이 들었다.

힘든 길이었지만 오길 잘했다는 생각이 들었다. 그리고 스스로를 칭찬했다. 차를 타면 금세 갈 수 있는 곳도 아니고, 비행기를 갈아타고 기차와 버스를 이어서 타는 등 큰마음을 먹어야만 다시 올 수 있는 곳이니까. 다시 말해 평생 살면서 다시 올 확률이 높지 않은 곳이니까. 인간에게 단 한 번이라는 시간은, 단 한 번이라는 경험은 얼마나 간절한가.

우리는 플리트비체를 돌아보고 호텔로 돌아와 저녁을 먹으러 식당에 갔다. 예상대로 손님은 우리 둘뿐이었다. 둘뿐인 투숙객을 위해 문을 열어준 직원들이 어찌나 고맙던지. 우리는 안도하며 와인 한잔과 생선구이 그리고 스테이크를 주문했다. 맛이 아주 뛰어나진 않았지만 배가 고파 얼마나 정말 열심히 먹었다. 저녁을 먹으며 그날 겪은 우여곡절을 이야기하는데 웃음이 절로 났다.

저녁식사를 하며 직원에게 슈퍼마켓에서 사온 달걀을 좀 삶아줄 수 있는지 물으니 흔쾌히 들어주었다. 언제 어떻게 돌발 상황을 마주할지 모르니 여행자는 어느 정도 뻔뻔해질 필요가 있는 것 같다.

앞니 없는 할아버지가 아니었다면 얼마나 더 큰 고생을 했을까? 보스니아 아주머니가 앞니 없는 할아버지를 소개하지 않았다면, 산중으로 들어가며 슈퍼에 들르지 않았다면, 호텔 직원이 달걀을 삶아주지 않았다면 어땠을까? 그래도 플리트비체에 오길 잘했다고 생각했을까? 그중 하나라도 어긋났다면 아마 아주 어려운 여행이 되었을 것이다. 사람들의 친절은 11월의 조용한 플리트비체를 빛나게 해주었다. 나 역시 그 어려운 여행을 또 해냈다는 긍지가 생겼는데, 그것은 다음의 모험을 기다리는 무모한 자신감으로 변하고 있었다.

메조트네스 팰리스

＊　　　　　발트 3국과 벨라루스 렌터카 여행은 맨 아래 위치한 리투아니아에서 시작했다. 리투아니아, 라트비아, 에스토니아로 이루어진 발트 3국은 발트해 연안에 인접한 세 나라로 '발트의회'를 가지고 서로 유기적으로 지지하면서 협력할 만큼 끈끈한 관계를 유지하고 있다. 운전을 잘 못하는 나는 뚜벅이 여행을 선호하지만 이번엔 동선이 길기도 한 데다 좀 더 후미진 곳까지 다녀볼 요량에 용기 내 렌터카 여행을 감행했다.

베르사유궁전을 모델 삼아 만들었다는 라트비아 룬단레궁전은 에른스트 요한 폰 뷔렌 공작의 여름 궁전으로 지어졌지만 제1차 세계대전을 겪으며 병원, 학교, 창고 등으로 사용되었다고 한다. 20세기 후반에 들어서 다시 제 모습을 찾은 룬달레궁전은 현재 박물관으로 이용되고 있다. 룬달레궁전을 가기 위해 숙소를 찾던 중 일반 호텔이 아닌 고성을 호텔로 개조한 특별한 숙소가 있다 해서 찾아나섰다.

내비게이션은 도착 예정 시각을 밤 9시라고 안내하고 있었다. 그 내비게이션만 믿고 불빛이라고는 자동차 헤드라이트 하나만을 의지해 더듬더듬 찾아간 곳이 바로 라트비아 호텔 메즈트네스 팰리스였다.

200년 전 백작이 쓰던 고성을 개조한 호텔이라는데 우리가 갔을 때는 워낙 비수기라 주차장에 차가 몇 대밖에 없었다. 그곳에

차를 주차하고 내리는데… 일행 중 한 사람이 갑자기 탄성을 내뱉었다. 우리는 그의 눈길을 따라 하늘을 올려다보았다. 검고 푸른 하늘에 빼곡하게 들어선 은하수가 머리 바로 위에서 위용을 뽐내며 파노라마처럼 펼쳐져 있었다.

아… 이런 별무리를 본 게 언제였더라. 눈으로 보면서도 믿기 힘든 별들의 폭죽이 밤하늘에 터지고 있었다. 입에서는 연신 우아! 하는 감탄만 나올 뿐 황홀감에 고개를 내려놓기가 아까울 정도였다. 그도 그럴 것이 주변에 반짝이는 불빛이라고는 호텔 앞 작은 포치에 달린 등이 전부였으니 저마다 가장 빛나는 별은 바로 나라는 듯 눈부시게 스스로를 뽐내고 있었다.

설레는 마음을 추스르고 호텔로 들어가니 프론트에서 나이 지긋한 아저씨 한 분이 졸고 있다가 우리의 인기척에 놀라 고개를 들었다. 방을 안내받고 짐을 풀자 허기가 밀려왔다. 호텔 내 모든 식당은 일찌감치 영업을 종료한 상태였기 때문에 식사를 하려면 다시 차를 타고 20분 이상 나가야 했다.

차를 타고 길을 따라 한참을 가보긴 했는데, 그 시간에 우리가 올 줄 알고 영업을 하고 있는 식당이 있을 것 같지도 않고 음식이 입에 맞을 것 같지도 않아 결국 식당은 포기하고 호텔로 돌아왔다. 우리는 인스턴트 음식으로 허기를 속인 후 밤하늘에 펼쳐진 별무리와 바람에 흔들리는 나뭇잎 소리를 자장가 삼아 깊

은 잠에 빠져들었다.

　다음 날 아침, 호텔에서 제공하는 조식을 먹으러 갔다. 프론트에서 꾸벅꾸벅 졸던 아저씨를 생각하니 조식도 크게 기대가 되지 않았다. 뻣뻣하게 마른 빵과 맛없는 커피 정도만 먹을 수 있어도 다행이라 생각했는데 영화 〈식스센스〉 정도의 반전이 있었다. 기대와 만족도는 반비례한다고 했던가….

　식당에는 중세시대 배경의 영화에서나 봄직한, 천장까지 닿은 창문에 걸린 흰색 커튼이 살랑거리며 바람의 세기를 알려주고 있었고, 테이블 위 작은 스탠드가 그윽한 멋을 더해주고 있었다.

거기에 갓 구워낸 것이 분명한 여러 종류의 빵, 예쁜 꽃 같은 붉은 살라미, 노란색과 흰색의 갖가지 치즈, 핑크빛 햄, 넉넉한 양의 잼과 버터가 접시 위에 정갈히 담겨 잘 다려진 흰색 식탁보 위에 놓여 있었다. 특급 레스토랑의 조식이 전혀 부럽지 않은 성찬이었다. 우리는 작은 기포들이 춤추는 스파클링 와인도 한잔 곁들여 식사를 시작했다. 나는 이미 중세의 백작이 되어 아침식사 시중을 받는 듯한 착각에 빠져 있었다.

코로나로 모든 것이 멈추었던 시기, 여행에 중독되다시피 한 나를 보고 주변 사람들이 괜찮냐고 자주 물었다. 과장하면 역마살이 세포 하나하나까지 전이된 내게, 결국 언젠가는 종료될 수밖에 없는 여행의 결락감과 상실감을 염려한 질문이었을 게다.

그런데 대단히 거창한 것을 경험하지 않아도 그저 호텔의 감동적인 아침식사의 기억만으로도 두 페이지 이상 일기를 쓸 수 있는 이런 기쁨이 내게는 여행을 계속 꿈꾸고 실행하게 하는 동력이 된다. 여행의 참맛은 아직 경험하지 못한 미지의 세계에 대한 설렘과 그걸 경험할 때의 짜릿함, 다녀온 후에 다시금 상기할 수 있는 훈훈함으로 구성된다. 나는 그 모두를 어느 것 하나 빼놓지 않고 사랑한다.

사진 한 장으로 시작된

이탈리아 여행

＊　　　　　　　　이탈리아는 많은 사람들이 유럽 여행을 할 때 일정에 포함시키는 감초 같은 나라. 여행을 좋아하는 사람이라면 모두 한번쯤 가보고 싶어 하는 관광지의 보석 같은 곳이기 때문이다. 나 역시 매번 같은 사람들과 여행을 하는 것이 아닌 이상 유럽에 갈 때 꼭 이탈리아를 들르는 편이다. 그중에서도 로마, 피렌체, 베네치아는 여러 차례 방문했다.

이번에 이탈리아를 가고 싶은 마음이 들었던 것은 사진 한 장 때문이었다. 소공동 롯데백화점은 사무실과 가까워서 딱히 구입할 물건이 없어도 점심 먹고 산책 삼아 한 바퀴씩 돌곤 했는데, 그날따라 이탈리아 소파를 판매하는 매장의 두 벽면을 가득 채운 커다란 사진이 눈에 들어온 것이다. 저기는 어디지? 파도가 출렁이는 바다 근처의 깎아지른 듯한 절벽에 아이보리색 건물이 서 있는데 발걸음이 떨어지지 않았다. "아… 저기 가고 싶다." 나도 모르게 그 말이 흘러나왔다. 다음 날 나는 다시 그 매장을 방문해 직원에게 양해를 구하고 벽면을 채운 사진을 핸드폰으로 찍어왔다.

그곳이 어디인지는 알 수 없었다. 단지 이탈리아 어딘가일 거라고 짐작할 뿐. 하지만 간절히 원하면 찾아진다고 했던가. 『시크릿 The Secret』이란 책이 처음 나왔을 때 나는 그 내용에 크게 공감했었다. 우주라는 공간에 내 생각을 쏠 수 있는지는 모르겠지만 간절히 바라면 이루어질 거라는 믿음이 있었다. 그리고 이번에도 사진 속 장소가 어디인지 찾아내고야 말았는데, 이탈리아 동남부 도시인 폴리냐노 아마레Polinano a Mare였다. 백화점에 걸린 사진 한 장에 반해 이탈리아 여행이 시작되는 순간이었다. 여행 메이트는 오라토리오 합창단의 프라하 연주 여행을 함께했던 홍연 선생님이었다.

이탈리아는 남북으로 긴 나라여서 사실 일정 잡기가 그리 만만하지 않다. 내가 가고 싶은 곳은 한 군데지만 이탈리아까지 갔는데 평소 가보고 싶었던 도시들을 빠뜨리는 건 말이 안 되지. 처음에는 이탈리아 동남부를 주목하고 유명한 도시가 있는지 찾아보았는데 갈수록 마음에 드는 장소들이 늘어났다. 폴리냐노 아마레는 로마에서도 한참을 내려가야 하는 곳이라 남부 여행으로 끝냈으면 간단했을 텐데, 중부와 북부의 여러 도시들이 "나 좀 보고 가요!"라고 외치는 것 같았다.

이렇게 되면 각각의 도시에 들어가기 위해 이용하는 공항이 어디인지도 잘 살펴야 한다. 남부만 보려면 로마로, 북부를 보려면 베네치아나 피렌체로 들어가야 하는데 갑자기 한번도 가보지 못한 북부의 친퀘테레와 중부의 몬탈치노 와이너리도 가보고 싶어졌으니 이를 어쩐담. 정해진 시간 안에 이 모든 도시를 소화하는 것은 만만한 일이 아니었다. 어떻게, 어니를 가야 할까? 결국 나는 어느 한 도시도 포기할 수 없어 모두 방문하기로 결정했다.

본격적으로 세부 일정을 짜기 시작하면서 우리는 일정표를 열 번도 넘게 수정해야 했다. 일반적으로 여행은 행복한 경험을 선 사하지만 세부 일정이 정해지기까지는 엄청난 에너지 소모가 뒤 따른다. 잘 짜인 패키지 여행에 몸만 따라가는 것과는 차원이 다 른 시간과 노력, 그에 따른 스트레스가 모든 일정이 확정되는 순 간까지 따라다녔다. 우리는 여러 번의 회의를 통해 입국은 피렌 체로 하여 친퀘테레와 피렌체를 본 뒤, 몬탈치노로 내려가 중간 여정을 소화하며, 기차로 남부로 내려가 차를 렌트해서 다니다가 최종적으로 비행기를 타고 로마로 이동해 한국으로 오는 일정을 확정했다.

그 순간, 예전에 현빈 배우가 주인공으로 나온 드라마의 "이게 최선입니까?"라는 대사가 떠올랐다. 우리에게는 이게 최선이었 다. 비행기와 택시, 기차, 렌터카까지 다양한 교통수단을 이용해 야 했지만 어디 있는지 모르는 시골 와이너리를 찾아가려면 어 쩔 수가 없었다. 게다가 와인을 시음할 계획이었기 때문에 렌터 카를 운전할 드라이버도 함께 고용해야 했다. 결국 두 사람의 지 혜와 경험이 불가능해 보였던 일정을 만들어낸 것. 과연 우리는 맘마미아를 외칠 수 있을까?

친퀘테레
어부의 마을

*　　　이탈리아 친퀘테레 지역은 이탈리아어로 친퀘(Cinque-다섯)과 테레(Terre-땅)라는 단어가 합쳐져 만들어진 이름이다. 몬테로소 알마레Monterosso Al Mare, 베르나차Vernazza, 코르닐리아Corniglia, 마나롤라Manarola, 리오마조레Riomaggiore 다섯 개의 어촌 마을을 일컬어 친퀘테레라고 한다.

　라 스페치아역 앞에 있는 호텔에서 정신없이 잠에 빠져 있다가 아침에 일어나보니 깜짝 놀랄 만한 풍경이 눈앞에 펼쳐져 있었다. 창문만 열었을 뿐인데 창문을 프레임 삼아 세기의 명화 같은 풍경이 시원한 바람과 함께 다가오는 게 아닌가. 아직 본격적인 친퀘테레 투어는 시작도 안 했는데 벌써 마음이 떨려왔다. 아침 식사를 하러 식당으로 가니 동화의 마을로 들어온 듯 노란 파인애플 사이사이 주황색 살구가 씨를 빼고 반쪽으로 잘라져 있고 딸기와 멜론도 곁들여져 있었다. 커피와 빵과 과자가 마치 애프터눈 티 세트처럼 층층이 먹음직스럽게 느껴졌다.

　다분히 이탈리아스러운 오래된 문양이 새겨진 커피잔에 에스프레소 한잔을 담아 마시는데 창 너머로 유난히 맑고 푸른 하늘이 보였다. 찻잔을 들고 호텔 식당 테라스로 나가니 좁은 테라스에 식탁을 세모 모양으로 잘라 만든 2인용 자리가 있었다. 우리는 맑은 하늘과 스치는 구름을 만끽하며 아침은 밖에서 먹기로 했다. 갈 길이 먼데 온종일 이곳에 앉아 조식만 먹어도 행복할 것 같은 아침이었다.

친퀘테레를 가기 위해 역으로 나왔다. 친퀘테레는 마을에서 마을은 모두 걸어서 이동할 수 있도록 이정표가 잘 되어 있지만 산을 넘거나 하는 트레킹 코스가 대부분이어서 우리는 기차를 이용하기로 했다.

첫 번째 미션은 해안가 위의 식당에서 점심을 먹는 것이었다. 구글에서 친퀘테레를 서핑하다 발견한 Nessun Dorma 5Terre 레스토랑이 바로 우리의 목적지였다. 높은 지대의 식당에 들어가 자리를 잡으니 마나롤라 마을이 한눈에 들어왔다. 점심 메뉴는 화이트와인과 이 식당에서 직접 만든 바질페스토 베이스에 토마토와 크림치즈를 얹은 브루스케타였다. 창가가 아닌 야외 테이블에서 바다를 보며 화이트와인을 곁들이니 언덕까지 힘들게 올라온 보람이 느껴졌다. 건너편에 보이는 형형색색의 집들은 술에 취한 어부들이 집을 잘 찾아가게 하기 위해 그렇게 만들었다는 이야기도 들으면서 친퀘테레 첫 번째 땅 마나롤라를 경험했다.

친퀘테레 안에서만 다니는 기차를 타려면 시간을 정확히 맞춰야 했다. 우리가 갔을 때는 마침 기관사들의 파업이 있을 때라

시간이 맞지 않아 고생했던 기억이 난다. 기차를 타고 도착한 몬테로소 알마레는 딱 경포대나 해운대가 생각나는 일반적인 해변 느낌이라 한번만 둘러보고 다음 코스인 베르나차로 건너갔다. 이곳에서는 걸음걸음마다 이국적인 이탈리아의 향기를 만끽할 수 있었다. 관광지답게 상점들마다 직접 만든 와인 마개와 레몬비누 등을 팔고 있었다. 건물 사이사이 걸린 현지인들의 빨래마저도 조화로운 아름다운 풍경이었다.

우리는 와인 산지로도 유명한 코르넬리아로 올라가 해변을 내려다보았다. 선인장과 꽃들이 어우러진 커다란 정원이, 지나가는 배가 그려내는 포물선과 함께 멋진 풍광을 자아냈다. 산 하나를 덮고 있는 다랑논처럼 펼쳐진 포도밭도 이색적이었다. 골목에는 아담하고 귀여운 상점들이 알록달록한 기념품들로 손님들을 기다리고 있었다. 종일 마을과 마을을 넘나들었더니 시장기가 느껴져서 리오마조레로 건너가 저녁 식사를 했다. 그곳에서 맛본 와인과 풍미 가득한 해산물 요리 역시 만족스러웠다.

다음 날은 우피치 미술관에서 피렌체 미술의 역사를 듣고 감상하는데 함께 간 친구가 친퀘테레를 다시 가잔다. 어부들이 집을 못 찾을까 봐 색색이 만들었다는 농담인지 진실인지 알 수 없는 아름다운 마을 마나룰라의 노을을 한 번 더 보고 싶다며. 우리는 다시 기차를 타고 라스페치아로 가서 친퀘테레행 작은 기차로 갈아탔다.

해는 밤 9시가 넘어서야 넘어갔다. 알록달록한 건물 사이로 핑크빛 햇살을 길게 드리우다 아쉬운 듯 마지못해 물러가는 해를 바라보며 다시 온 보람을 느꼈다. 그래 이거지!!

그로타팔라제
절벽식당

*   그곳 사진은 어느 날 우연히 펼쳐 든 잡지에서 처음 보았다. '죽기 전에 가볼 만한 여행지' 챕터에 소개되어 있는 한 장의 레스토랑 사진. 오묘하다고밖에 말할 수 없는 빛깔의 바다를 배경으로 거대한 암석 속에 안기듯이 쏙 들어가 있는 레스토랑은 사람들에게 단순히 음식을 제공하는 곳이라기보다는 그 자체로 한껏 멋을 낸 컨템포러리한 유적처럼 보였다. 즉 여행자들이 기대할 법한 자연의 경이와 문화적 허기를 달래기에 그만인 특별한 장소로 보였다. 출국하기 전에 이 레스토랑을 다녀온 사람들의 후기나 감상이 있는지 찾아보았지만, 아직 국내에 덜 알려져서인지 그곳을 간접적으로나마 경험하게 해줄 상세하고 구체적인 리뷰는 눈에 띄지 않았다. 뭐, 이럴 때 발휘해도 좋은 것이 일종의 모험심이다. 좋다! 그럼 그 길을 내가 개척하마! 이런 마음. 그러고서는 레스토랑의 홈페이지를 찾아 예약을 진행했다.

드디어 그곳에 왔다. 그리고 보았다. 폴리냐노 아마레에 있는 콧대 높은 절벽식당. 이 식당은 반드시 예약을 해야만 입장할 수 있는데 사전에 식당에서 시간 엄수와 드레스코드를 당부하는 메일을 보내준다. 그 내용인즉 반바지와 슬리퍼 차림으로는 입장이 불가하며, 점심시간과 저녁시간도 레스토랑이 정해놓은 범위 안에서 선택해야 했다. 주차도 방문객이 근처에서 알아서 해

결해야 했다. 점심은 12시 30분부터 예약 가능한데 일찍 도착해도 12시 30분 전에는 절대 입장을 허락하지 않는다. 만약 노쇼로 예약을 지키지 못하면 예치금은 물론이고 75유로의 페널티도 물어야 한다. 나는 이런 도도함이 왠지 마음에 들었다.

식당이 이처럼 도도한 자세를 보일 수 있는 것은 압도적인 풍광 덕분이다. 성질 급한 방문객들이 가질 법한 모든 불만은 식당에 입장해 쪽빛 바다를 바라보는 순간 파도의 물거품처럼 부서져버리니까. 자연 그대로의 암석을 깎아서 설계한 식당이니만큼 그에 걸맞은 압도적인 뷰를 자랑하고 있었다. 메뉴는 파인다이닝 코스로 구성되어 있어 방문객은 코스별로 레벨을 정하기만 하면 되었다. 지갑이 얇은 배낭 여행자로서는 선뜻 결제하기 부담스러운 가격이었지만 레스토랑에서 식사를 하지 않고서는 세상에서 하나뿐인 그 대단한 풍경을 볼 방법이 없었으므로 우리는 기꺼이 프리미엄 가격을 지불했다.

오래전 사놓고 입지 못하던 예쁜 드레스를 꺼내 입고 떨리는 마음으로 입장하니 정말이지 절로 입이 벌어지는 장관이 눈앞에 펼쳐졌다. 더더욱 행운이었던 것은 예약을 서두른 덕분에 파도가 찰랑거리는 바닷가 바로 앞 좌석을 안내받았다는 것이다. 생물처럼 끊임없이 꿈틀거리는 파도가 발가락을 간질일 듯 바로 밑에서 찰랑거렸다.

아침부터 부산을 떠느라 제대로 먹지 못해 배가 고팠던 나는 스파클링 와인인 프로세코 한잔으로 절벽식당에 온 것을 자축했다. 짜르르 입안에서 터지는 탄산이 목을 타고 넘어갈 때의 그 상큼함이란! 모든 것이 완벽했다. 따뜻한 식전 빵과 아로마 향이 나는 와인, 탁 트인 하늘과 바다, 코끝을 간질이는 바람까지….

식사가 끝나갈 즈음에는 여유롭게 식당 내부를 둘러볼 수 있었다. 홍 선생님은 어느새 술병이 진열된 장 앞에 서서 매니저에게 그라빠(후식주로 주로 쓰이는 이탈리아 증류 와인)에 대해 질문을 퍼붓고 있었다. 덕분에 우리는 디저트가 서빙될 때 매니저가 특별히 챙겨준 그라빠 한잔을 맛볼 수 있었다.

수만 리를 날아가서 직접 레스토랑에 들어가 음식 맛을 보고, 스푼과 와인잔을 만지고, 냄새를 맡고 경험한 순간 판타지는 나의 현실이 되었다.

라
돌
체
비
타

*   처음부터 마지막 순간까지 계획한 대로만 진행되다면 여행의 참맛을 느끼기 어렵겠지.

이탈리아 마테라는 암석을 깎아 주거지역으로 만든, 한때 이탈리아에서 가장 오래된 도시이면서 가장 가난한 동네였다. 하지만 지금은 이탈리아 정부와 할리우드 자본 그리고 유네스코의 노력으로 세계 어디에서도 만날 수 없는 특별한 매력을 지닌 곳이 되었다.

여행객들이 알아야 할 이곳의 특징 중 하나는 골목과 계단이 많아 자동차가 안까지 들어갈 수 없다는 것이다. 우리도 렌터카를 빌려 어렵사리 도착했지만 예약한 호텔까지는 걸어서 올라가야만 했다.

호텔은 올드타운 꼭대기의, 골목을 완전히 돌아 나와야만 보이는 곳에 있었다. 그 바람에 우리는 몇 번을 같은 자리에서 맴돌며 발을 동동 굴러야 했다. 치안이 좋아졌다고는 하나 이곳은 이탈리아고 지금은 밤이고 우리는 동양의 여자 여행객이다. 이 상황에서 두려움이 없을 수가 없었다. 길을 헤맨 이유 중 하나는 마테라의 호텔들이 주거용 건물 사이에 섞여 있기 때문이었다. 구글 맵은 목적지에 다 왔다고 알려주는데 일반 주택 앞에 자꾸 우리를 세워놓는 상황이 반복됐다.

길찾기에 지쳐갈 무렵, 레스토랑 하나가 눈에 띄었다. 마테라에는 아치 모양 돌 천장에 옅은 레몬스톤색 샹들리에가 길게 매달려 있는 레스토랑이 많았다. 은은하면서도 고급스러운 느낌에 간간이 재즈 선율이 흘러나와 나도 모르게 지나간 발길을 뒤로 돌리기 일쑤였다. 우리는 누가 먼저랄 것도 없이 고개를 빼꼼히 들이밀고 레스토랑 안을 구경하면서 빨리 호텔에다 짐을 내려놓고 여기에 와서 밥을 먹자는 무언의 약속을 했다.

그 마음을 알아주기라도 한 걸까? 레스토랑을 바로 지나 돌아서니 그렇게도 눈에 띄지 않았던 호텔이 보였다. 우리는 예쁜 룸은 둘러보지고 않고 짐을 던지다시피 하고는 식당으로 향했다. 우리가 마지막 손님이란다. 정말 다행이었다. 고생에 셀프 보상이라도 하듯 우리는 파스타와 스테이크와 와인을 주문했다. 특유의 고색창연하면서도 낭만적인 분위기 덕분일까. 주문한 와인에서 꽃향기가 뿜어져 나왔다. 붉은 와인을 눈으로 감상하다보니 더운 여름날 짐을 들고 숙소를 찾느라 고생한 기억은 어느 사이 꿈결 속의 시간처럼 사라져갔다.

드디어 주문한 스파게티와 스테이크가 나왔는데 플레이팅부터 맛까지, 거기에 향기로운 와인과의 마리아주까지 모두가 합격점이었다. 동행한 친구는 빵으로 접시를 닦아 먹을 정도로 너무 맛있다며 연신 감탄을 내뱉었다. 우리는 음식을 가져다준 직원에게 깨끗이 비운 접시를 보여줬다. 마지막에 나온 디저트도 비주얼이 환상적이었
다. 멋진 식사에 한껏
들떠 있는데 주방에서
요리하던 셰프가 인사
를 하러 왔다. 음식을
맛있게 먹어준 데 대한
보답으로 마테라를 한눈에 볼 수 있는 야경을 보여주겠다며 우
릴 옥상으로 안내했다. 차분한 태도로 서빙하던 베드로 아저씨
도 같이 올라갔다.

넓은 옥상에 오르니 마테라의 전경이 한눈에 들어왔다. 셰프
는 원래 마테라 출신인데 요리를 공부하느라 뉴욕에서 지냈고
여러 도시를 다니다 다시 고향인 마테라로 돌아왔다고 했다. 낯
선 사람들과 함께 루프탑에 올라 마테라의 야경을 보고 있다는
사실이 믿어지지 않았다.

이탈리아 북쪽인 피렌체에서부터 힘들게 찾아간 남동부의 마
테라는 마치 원더랜드와도 같았다. 이 글을 쓰고 있는 지금도 가
슴이 콩닥거린다. 지금에서야 밝히는데, 삐에트로(베드로)라는
이름을 가진 아저씨가 와인을 따라주던 그 식당의 이름은 바로
La Dolce Vita다. 달콤한 인생. 내 삶의 한순간을 특별한 자수처
럼 수놓아준 고마운 곳이다.

다낭의 연결고리
믿음에서 믿음으로

* 베트남 다낭이 여행지로 좋다는 소문은 오래전부터 들었지만, 이상하게 다낭을 가려다가 다른 곳을 가게 되는 경우가 많았다. 다낭은 그런 도시였다. 우연을 가장해 늘 제외되는 곳, 무시하는 것은 아니지만 꼭 가야겠다는 절실함을 안기지도 않는 곳. 베트남은 하노이, 호치민, 하롱베이, 나트랑 정도를 가봤는데 다낭도 그곳들과 크게 다르지 않을 거라는 선입견에 선뜻 발길이 향하지 않았는지도 모르겠다. 동남아의 큰 도시들은 이미 많이 돌아봤으니 이번엔 그동안 마음속으로 홀대하던 다낭을 가기로 했다. 단출하게 남편과 작은딸 그리고 시아버님이 작고하신 후 쓸쓸해하시는 시어머님과 함께 성탄절을 보내기로 한 것. 아무런 기대 없이 출발한 다낭은 화려한 도시의 면모과 소박한 시골의 모습을 동시에 지닌 무척이나 흥미로운 도시였다.

우리가 묵을 호텔은 다낭 시내 중심에 있었는데, 다낭에서 멀지 않은 도시 호이안까지 무료 셔틀버스를 운행하고 있었다. 종일 다낭 시내를 구경한 뒤 저녁에 호이안에 가서 맥주나 한잔하려고 마지막 셔틀을 탔다. 호이안은 인사동처럼 골목마다 구경거리가 많았고, 투본강을 따라 내걸린 화려한 등은 관광객의 눈길을 사로잡았다. 등을 다는 것은 중국에서 유래한 풍습으로 행복과 재물을 기원하는 의미가 있다고 했다.

느긋하게 구경하며 올드타운 안쪽으로 들어가는데 딸이 가죽 샌들을 파는 곳에 들어가보고 싶다고 했다. 아이는 발이 큰 편이라 평소 마음에 드는 신발을 사기가 쉽지 않았는데, 혹시나 하고 안으로 들어가니 신발뿐 아니라 가방, 지갑 등 여러 종류의 가죽 제품을 팔고 있었다. 호이안이 외국인들이 많이 찾는 관광지다 보니 다행히 큰 사이즈의 샌들도 있었다.

이것저것 신어보고 돌아보는데 점원이 어디서 왔는지, 다낭은 처음인지, 저녁은 먹었는지 등을 짧은 영어로 살갑게 물었다. 신발을 두 켤레 사고 계산을 하자, 점원은 자신은 호이안 사람이고 부모님은 이곳에서 관광사업에 종사한다고 밝히면서 아직 배를 안 탔으면 부모님의 배를 타고 위에서 등을 띄워보지 않겠냐고 했다. 이용료는 한 사람당 한화로 약 5천 원이며, 20분을 탄 다음 소원등을 띄울 수 있다고 했다. 그래? 신발도 샀으니 한번 따라가보지 뭐.

나중에 알았는데, 보통 강가 주변에는 호객 행위를 하는 사람이 많고 비싸게 부른 후 흥정으로 값을 정한다고 한다. 그래서 배 타는 가격이 천차만별인데, 점원은 아주 적절한 가격을 제시한 것이었다. 내가 제일 못하는 게 흥정이고 그런 밀당은 나에게 잘 맞지도 않는다. 우리가 일반적인 뱃삯이 얼마인지 알아보지도 않은 채 그 점원을 따라나선 건 아마 좋은 인연이 되려고 그랬던 것 같다.

점원은 우리보고 잠깐 기다리라고 하더니 헬멧을 쓰고 나왔다. 그리고 자신이 오토바이로 앞장설 테니 따라오라고 했다. 처음 도착한 호이안이라는 도시에 어느새 아는 사람이 생긴 것 같아 은근히 기분이 좋았다. 점원은 우리가 걷는 속도에 맞추어 천천히 오토바이를 몰다 어느 지점에 이르자 오토바이를 세우고 함께 걸었다. 아마 우리끼리 찾아갔으면 가는 길에 있는 야시장을 구경하느라 배 타는 곳에 늦게 도착했을 텐데 그 점원 덕분에 한번에 도착할 수 있었다. 점원은 자신의 부모를 소개하더니, 뒤이어 야시장에서 장사를 하는 삼촌도 소개해주었다. 그러고는 재미있게 즐기라면서 우리를 한 번씩 안아주고는 떠났다.

호이안의 '소원등 체험'은 작은 나룻배를 타고 투본강을 지나가며 강가에 켜놓은 수많은 등을 구경하다가 꽃송이처럼 만든 종이 접시에 초를 켜서 소원을 빌고 물에 띄우는 순서로 진행되었다. 강가에 떠 있는 수많은 소원초가 강물에 비치는 모습은 그야말로 장관이었다.

그 모습을 보니 인도 바라나시 여행 때, 동이 트는 새벽에 꽃잎에 초를 켜서 강물에 띄우며 소원을 빌었던 기억이 떠올랐다. 전날 밤 그곳에서 장사를 지내며 시체를 태우는 장면을 봐서 그런지 새벽녘 초를 강에 흘려보내면서도 기분이 묘했는데, 호이안

은 사뭇 축제에 온 듯 흥겹고 들뜬 마음으로 등을 띄울 수 있었
다. 나는 한참을 꺼지지 않고 흘러 내려가는 초를 바라보며 안전
하고 무사한 여행이 되게 해달라고 빌었다. 기도 덕인지 여행 내
내 재밌고 놀라운 일들이 많았다.

　뱃놀이가 끝나고 선착장에 오니 이번에는 삼촌이라는 분이 저
녁은 먹었냐고 물었다. 식사 전이라고 했더니 자신이 아는 로컬
식당을 소개해도 되겠느냐고 다시 물었다. 나는 얼른 좋다고 대
답했다. 가족이 모두 열심히 사는 것 같았고, 어차피 식사도 안
했으니 소개받은 식당에 가면 좋겠다는 생각이었다.

식당까지는 점원의 아버지가 안내했다. 그분을 따라간 곳은 호이안 올드타운의 시끌벅적한 식당들과는 거리가 제법 떨어진 노상 식당이었다. 식당 주인은 막 문을 닫고 퇴근하려다 점원의 아버지와 서로 인사를 나누고는 다시 안으로 들어갔다.

베트남에 왔으니 이런 곳에서도 식사 한번 해보자!! 음식을 먹고 배가 아프면 어쩌지 하는 걱정도 있었지만, 이것도 로컬 체험이다 싶어서 우리는 병맥주 두 병과 쌀국수 네 그릇, 만두 튀김, 채소볶음, 달걀 요리 등을 주문했다. 식사 후 계산을 하다 모두 깜짝 놀랐다. 넷이서 배부르게 먹었는데 우리나라 돈으로 만 이천 원 정도. 무슨 이런 일이…. 심지어 음식도 무척 맛있었다. 한적한 노상에서 맛있고 저렴하게 현지인의 음식을 즐긴 특별한 경험이었다.

여행을 하다보면 경계심이 생겨 늘 조심하려 하고 아무나 따라가지 않고 아무거나 먹지 않는 편이다. 그런데 호이안에서는 현지인의 친절에 이끌려 신발을 사고, 배 위에서 소원등을 띄워 보내고, 맛있는 저녁까지 먹었다. 정직하고 성실한 가족에게서 소중한 선물이라도 받은 듯한 밤이었다. 말은 통하지 않았지만 가족을 사랑하는 마음과 마음이 이어져 이런 행복을 만들어낸 것이 아닐까?

에
필
로
그

요사이 SNS에 사진을 올리는 재미에 푹 빠져서 카메라 관련 글들을 찾아 읽는데, 아이 캔디^{eye candy}라는 단어가 눈에 쏙 들어온다. 눈깔사탕을 말하는 건가 하고 찾아보니 '감동이 없는, 눈에만 이쁜 사진'을 의미하는 단어라고 한다. 주로 달력 사진이나 상업적인 주점에 붙은 광고 사진들 같은…. 그렇다면 내가 찍은 사진도 다른 이들에겐 아이 캔디 같은 것으로 보이는 건 아닐까 하는 의문이 든다.

예전에 튀르키예 에페소스에 갔을 때 정말 아무것도 아닌 것 같았던 유적지의 돌덩어리에 얽힌 스토리를 들은 적이 있다. 그 돌에 치열했던 삶의 흔적이 깃들어 있다는 설명을 듣고 난 후, 여행지나 유적지에서 만난 돌덩어리들이 더 이상 예전의 심상한 돌덩어리로 보이지 않았다.

우연히 후배로부터 사진 챌린지 참여를 요청받고는 그동안 찍은 사진을 찾아보다가 많은 사람의 공감을 불러일으키고 여러 나라를 소개할 수 있는 사진을 선택할 것인지 아니면 내가 좋아하는 사진들을 선택할 것인지를 두고 여러 날을 고심한 적이 있다. 그리고 마침내 나만의 사진들을 올렸다. 내 사진들이 상업적인 사진이 될 것인가 아니면 보는 이의 마음속에 한 번 더 그려지는 격정의 사진이 될 것인가가 궁금했다. 보정 없이 카메라가 가지고 있는 색감 그대로의 사진, 이런 하늘색이 나타날 때까지 인내심을 가지고 기다린, 찍은 사람의 수고가 들어 있는 사진들이었다. 어둠이 내려앉으며 하늘과 바다의 빛이 하나가 되어가는 신묘함과 그렇게 시시각각 변해가면서 사람의 감정에 파문을 던지는 빛의 축제가 석양이라면 그걸 담은 사진은 아이 캔디일까 아닐까?

가만히 생각해보니 난 동화책을 읽어주는 선생님처럼 쉽고 편안하게 설명을 곁들인 사진을 좋아하는 것 같다. 차근차근 사진의 배경과 의미를 설명해서 글을 읽는 이들을 내가 갔던 그곳으로 안내할 수 있는, 내가 느낀 감정을 최대한 공감할 수 있도록 도와주는 그런 사진이니 사람들 눈에 아이 캔디로 비치지 않았으면 좋겠다.

　나의 글도 그렇다. 부족하지만 이 글이 가보지 않은 미지의 세계에 대한 길라잡이가 되었으면 좋겠다. 그곳의 보이지 않는 공기와 바람 그리고 사람의 마음까지 느껴지는, 숨결이 깃드는 공간에 독자를 초대하는 작가가 되고 싶다.

발권이 완료되었습니다

초판 1쇄 발행 2024년 12월 10일

글과 사진 권혜경
펴낸이 유윤희
편 집 김도언, 오영나
마케팅 김윤정, 유정희, 진수지
디자인 행복한 물고기Happyfish
제 작 제이오
펴낸곳 오늘산책

출판등록 2017년 7월 6일(제 2017-000141호)
주 소 서울 종로구 종로 227-5, 2층
전 화 02.588.5369
팩 스 02.6442.5392
이메일 oneul71@naver.com
ISBN 979-11-93703-05-2 03810

© 권혜경, 2024

이 책은 저작권법에 따라 보호받는 저작물이므로 무단전재와 무단복제를
금합니다.
이 책 내용의 전부 또는 일부를 사용하려면 반드시 저작권자와 도서출판
오늘산책의 서면 동의를 받아야 합니다.
잘못된 책은 구입하신 곳에서 교환해 드립니다.